Première partie

La publication de ce livre a reçu le soutien financier du Ministère de la Culture et des Médias de la République de Croatie.

Republic
of Croatia
Ministry
of Culture
and Media
Republika
Hrvatska
Ministarstvo
kulture
i medija

*

Ouvrage publié sous le titre original de
ŽENA S DRUGOG KATA

www.agullo-editions.com

Conception graphique : Cyril Favory
Image de couverture : Brandon Hoogenboom

Jurica Pavičić

La Femme du deuxième étage

Traduit du croate par
Olivier Lannuzel

Agullo

« Jednom, mnogo kasnije, Suzana će joj reći: sve bi bilo drukčije da tog dana nismo otišle tamo. »

« Un jour, bien plus tard, Suzana lui a dit : tout aurait été différent si on n'était pas allées là-bas. »

1.

Un jour, bien plus tard, Suzana lui a dit : tout aurait été différent si on n'était pas allées là-bas. Si on n'était pas allées à l'anniversaire de Zorana, tout aurait été différent, ta vie, et peut-être la mienne aussi.

Suzana lui a dit cela un samedi où elle lui a rendu visite. C'était au printemps et l'on entendait bruisser le feuillage des peupliers blancs ou d'Italie au-dehors, quelque part du côté de la voie ferrée. Suzana était assise de profil à la fenêtre, une lumière chaude passait à travers le grillage et l'illuminait. Elle regardait les branches des arbres, et elle a dit cela comme ça soudain, comme si elle énonçait une remarque innocente, évidente. Bruna ne lui a pas répondu.

Cet après-midi, après le départ de Suzana, Bruna s'est attelée au travail en cuisine. Elle a mis à tremper des pommes de terre épluchées dans un seau d'eau, puis les a coupées en bâtons pour la friture. Pendant que le couteau dans sa main s'appliquait à ces tâches monotones, elle pensait à ce que son amie lui avait dit.

Suzana avait raison, évidemment. Mais, comme il arrive souvent quand quelqu'un a raison, ni elle ni Bruna ne pouvaient rien faire de ce constat.

C'est vrai. Tout aurait été différent si elles n'étaient pas allées ce jour-là à l'anniversaire de Zorana. Si Suzana ce jour-là n'avait pas téléphoné pour lui proposer de l'accompagner, elle n'aurait jamais connu Frane. Si, comme elle l'avait prévu, elle était restée à la maison emmitouflée dans les couvertures, jamais de toute sa vie elle n'aurait rencontré Anka Šarić. Elle aurait avalé une aspirine et regardé *Spiderman* à la télévision, et Mme Šarić et elle n'auraient été que deux individus parmi la centaine de milliers d'habitants vivant dans la même ville, chacun dans son rayon de ruche. Si elles s'étaient croisées, ça n'aurait été qu'incidemment, par hasard, dans un bus ou dans une queue à la caisse. Le regard de Bruna n'aurait noté qu'en passant ses hanches larges, ses cheveux courts et son visage anguleux. Ce visage se serait fondu dans le nerf optique, il se serait perdu dans un segment du cerveau, dans la banque de données infinies des visages sans importance qu'on voit et qu'on oublie aussitôt. Anka et elle se seraient côtoyées sans y prêter attention et auraient disparu dans l'anonymat.

Mais ça n'a pas été ainsi. Car ce jour de janvier 2006 Suzana l'a appelée et lui a proposé d'aller à un anniversaire. Bruna ne s'est pas glissée dans des frusques et n'a pas regardé *Spiderman*. Elle a avalé un antipyrétique, enfilé un col roulé et est sortie. Elle est allée à la fête de Zorana.

Et c'est pour cette raison qu'elle est là maintenant. Assise dans un coin d'une cuisine où elle pèle des pommes de terre pour les frites de ce soir. À la maison centrale de Požega, depuis onze ans déjà.

2.

Cela fait onze ans que Bruna est à Požega. Elle y purge une peine de prison ferme au titre de l'article 91, chapitre 10, du Code pénal de la République de Croatie, pour meurtre aggravé. Depuis maintenant quatre mille jours, le monde minuscule de Bruna se résume à des couloirs de béton, une cellule, un réfectoire et des espaces de stockage à l'entrée de la petite ville de Slavonie. Bruna tourne de jour en jour dans ce microcosme comme un hamster dans une roue. Et elle tournera encore ainsi pendant cinq semaines. Dans un mois et cinq jours, elle bénéficiera d'une libération conditionnelle au titre de l'article 59 du Code pénal.

Quand elle est entrée dans ce complexe, Bruna avait vingt-six ans. Quand elle en sortira, elle en aura trente-huit. L'âge où débute la crise du milieu de la vie, où les hommes s'achètent des coupés rouges et les femmes se ruent sur le yoga et le pilates. L'âge où les hommes commencent à tromper leur femme, et où les femmes se demandent si elles n'ont pas commis une erreur quand elles ont lié leur destin à cet âne égoïste et bedonnant avachi sur le canapé. Quand elle sortira d'ici, Bruna n'aura pas à subir ces désagréments. Elle a été mariée une fois, mais elle ne l'est plus. Elle ne l'est plus et croit profondément qu'elle ne le sera plus jamais.

Bruna travaille à la prison comme cuisinière. Ce qui signifie qu'elle se lève tôt le matin, bien avant les autres. Elle se réveille aux alentours de quatre heures et demie, quand il fait encore nuit sur la plaine de Pannonie. Elle ouvre les yeux, et la première chose qu'elle voit, c'est la planche jaunâtre du lit au-dessus d'elle, sur laquelle sont griffonnés des dessins lascifs, des noms anciens et des sentences crues, le flux de conscience au long cours d'anciennes détenues.

Bruna se lève. Elle se lave à l'eau froide et noue ses cheveux avec un élastique. Elle se regarde dans le miroir. Ce qu'elle voit ne l'emballe pas beaucoup. Dans le miroir lézardé de la salle de bains de la prison, elle voit un visage émacié, allongé, des cheveux maigres cendrés, une rangée de dents qui auraient besoin d'un blanchissement et des joues maladives. Loin derrière, Bruna distingue une autre elle-même, qui a été belle autrefois. Elle voit toujours de grands yeux gris d'acier. Elle voit un visage régulier, symétrique, et des joues qui avaient de la couleur alors. Elle voit une brunette châtain aux cheveux longs qui savait qu'il y aurait des hommes pour se retourner sur son passage quand elle entrerait dans un café. Aujourd'hui personne ne se retournerait. Car la vie sous les néons a tué son teint, la nourriture uniforme a clairsemé ses cheveux. Chez le dentiste on ne traite que les caries, et sous cette lumière forte, laiteuse, sa peau paraît parcourue de pores et de sillons. C'est dommage, pense-t-elle quelquefois. C'est dommage, mais c'est comme ça.

Après s'être lavée jusqu'à la ceinture, Bruna quitte l'aile du bâtiment. Accompagnée par une surveillante, elle suit un long couloir éclairé au néon, jusqu'à la cuisine. Elle ouvre la porte, une odeur de produits ménagers et un léger relent de la friture de la veille viennent l'accueillir. Elle allume la lumière. Face à elle, sous l'éclairage éblouissant, son espace de travail : la cuisine de la prison.

Elles sont trois en cuisine. L'une s'appelle Mejra, une Rom de la frontière hongroise, qui a poignardé son beau-père, à raison selon Bruna. Elle est arrivée à la prison avant Bruna et elle y restera encore un moment quand Bruna sera partie. L'autre s'appelle Vlatka, une Zagréboise, la cinquantaine avancée, à l'allure cruelle et légèrement aristocratique. Vlatka a été condamnée pour de multiples escroqueries dans des affaires immobilières. Elle est arrivée la dernière, il y a deux ans. Vlatka est la plus vieille en âge, mais à l'échelle du temps de la prison elle est la plus jeune.

Bruna est la troisième des cuisinières. Elles ont devant elles un jour neuf et trois nouveaux repas à préparer pour les résidentes affamées de la maison centrale pour femmes.

Pour commencer, Bruna allume un des feux de la gazinière. Elle met de l'eau à chauffer, et quand celle-ci commence à frémir, elle y plonge un sachet. C'est toujours la même infusion : une tisane d'églantier, industrielle, couleur rubis, à l'odeur douceâtre qui imprègne tout dans la prison, des murs jusqu'à la peau.

Puis Bruna attrape un ouvre-boîte – luisant et grand comme un couteau de boucher – et ouvre une conserve de confiture de pêches bon marché. Puis elle descend dans l'aile donnant sur la cour où l'attendent déjà de grands sacs en papier. Ils sont lourds : chaque sac contient vingt longs pains, cuits durant la nuit dans la boulangerie municipale. Bruna et la Rom portent les sacs jusqu'à la cuisine et les déchirent. Elles comptent les pains. Prélèvent ceux prévus pour le petit déjeuner. Bruna attrape alors le couteau électrique et coupe les pains en tranches régulières. Elles ne doivent pas être trop épaisses, sinon il n'y en aura pas assez. Ni trop fines, sinon le pain se délite, la mie poreuse s'émiette et les détenues ne pourront pas tremper des bouts dans leur potage. Quand le pain est mal coupé, les détenues s'insurgent. Des tranches bien coupées, régulières sont une des raisons qui font que la journée sera bonne. Bruna ne veut pas leur enlever cela.

Quand elle a coupé le pain, Bruna retire la tisane d'églantier du feu. Le petit déjeuner est prêt. La Rom Mejra sort fumer et Bruna entame la partie du travail qu'elle aime le plus. Elle s'attaque au mystère de la tambouille, un mystère qui commence toujours par un geste abstrait, inaccessible au profane. Bruna émince des oignons. Coupe des carottes en rondelles. Épluche des pommes de terre. Prépare des légumes – cela peut être des haricots, des petits pois, des poireaux ou du chou vert. Aujourd'hui, ce sont des poireaux. Bruna les coupe en tronçons blancs et verts qui pèlent comme de la soie. Elle prépare une casserole, met de l'huile à chauffer, y jette les oignons. Elle couvre d'eau. Au bout de quelques minutes, la vapeur commence à monter et une odeur touffue, saumâtre s'échappe de la casserole, toujours la même.

Alors Bruna s'assoit et laisse la température faire son œuvre. Elle est assise, elle fixe le mur blanc quelque part devant elle, à l'endroit où la gaine d'extraction de la hotte grimpe et disparaît dans le plafond.

Bruna est cuisinière. Et pendant qu'elle cuisine, elle pense. Elle pense à comment elle a atterri ici.

Elle pense à ce jour de janvier, quand Suzana l'a appelée et lui a dit qu'il y avait la fête chez Zorana.

Et elle pense que Suzana a raison. Tout aurait été différent s'il n'y avait pas eu ce jour-là.

3.

En ce mois de janvier 2006, le vent du sud soufflait sur Split et des nuages sombres annonciateurs de pluie s'amoncelaient au-dessus de la ville. Bruna et sa mère étaient assises sur le canapé, enroulées dans une couverture, et regardaient un soap turc. Aux alentours de sept heures, au moment où une concubine aux yeux clairs séduisait le vizir, le téléphone sur la table basse s'était mis à piauler. C'était Suzana.

Une heure plus tard, Bruna était devant chez elle et patientait. Elle avait pris une aspirine et du sirop pour la toux, revêtu un gros manteau et une écharpe et tenait dans ses mains une boîte à chaussures pleine de biscuits aux amandes de sa mère. On était le 9 janvier, à huit heures du soir, Bruna allait à la fête de Zorana et s'imaginait qu'une longue vie l'attendait.

En cet instant, Bruna avait vingt-trois ans. Cela faisait dix ans que sa mère et elle vivaient seules. Elle était en classe de sixième quand son père les avait abandonnées et s'était tiré avec une employée mamelue de la cafétéria dans l'entreprise de construction qui l'employait. Il leur avait laissé l'appartement au troisième étage d'un de ces immeubles carrés de l'ère socialiste habités par d'ex-ouvriers d'ex-entreprises qui s'échangeaient des plats de poivrons farcis et de haricots à l'orge à l'heure de midi. Ainsi allait la vie de Bruna et de sa mère depuis dix ans. Au début elles vécurent de la pension alimentaire et du salaire de la mère, puis la mère fut mise à la retraite anticipée à l'occasion d'une des faillites épiques qui remplissaient les unes des journaux semaine après semaine. Depuis lors, Bruna et sa mère subsistaient avec la pension alimentaire et la retraite de cette dernière. Bruna en tant qu'étudiante, et la mère en tant que jeune retraitée qui dormait jusqu'à tard le matin et passait ses journées avec ses copines autour d'interminables tasses de café bon marché.

Après le lycée, Bruna s'était inscrite à la faculté de droit. Elle avait bataillé trois semestres durant avec le droit romain, le latin et la théorie de l'État, mais d'examen en examen elle avait fini par constater que ce n'était pas une voie pour elle. Alors à l'automne 2004 elle avait sorti du tiroir son bac d'économie et de gestion, ouvert la page des petites annonces et fait le tour de tous ses parents et connaissances. Cette époque, c'était l'eldorado d'avant la crise, l'ultime période où un individu ordinaire pouvait trouver à s'embaucher sans disposer d'un piston dans un parti ou sans devoir s'envoler pour une destination outre-mer. Cela s'était passé ainsi pour elle. À la fin du mois d'octobre, elle avait dégotté un emploi dans un cabinet comptable. Elle remplissait des déclarations de taxes et de déductions sur la valeur ajoutée jusqu'à quatre heures de l'après-midi, après quoi elle rentrait à la maison, déjeunait et sortait prendre l'air sur le balcon. Là, du haut de son balcon, Bruna se perdait dans la contemplation de la fin de journée tirant sur le rose et elle réfléchissait. Elle regardait la mer sombre et froide, ces longues guirlandes d'immeubles socialistes dominant la mer, ces milliers d'alvéoles illuminées où tout un tas de gens vivaient leur vie. Elle regardait ces milliers de points comme des lucioles et pensait à la vie qu'elle-même menait, à la vie qu'elle désirait et à l'avenir qui l'attendait.

Ce 9 janvier, Bruna monta dans la voiture de Suzana et se rendit à cet anniversaire. Elle se débarrassa de son manteau dans l'entrée, se servit un rhum Coca et parcourut la pièce du regard. C'est ce soir-là, vers dix heures et quart, qu'elle le vit pour la première fois. Il était debout près de la porte-fenêtre donnant sur le balcon, grand de taille, noueux, les cheveux bruns. Il tenait en main un verre de vodka orange et discutait avec un homme au col semé de pellicules. Au compte des hasards malheureux, il se trouvait que l'homme aux pellicules était une connaissance de Suzana. Ainsi, ce 9 janvier, elles s'approchèrent et les présentations eurent lieu. Bruna tendit la main à l'inconnu, qui la prit dans sa paume sèche et dit : *Frane.*

Ce soir-là, DJ Fabo prit le pari qu'il passerait cinq fois d'affilée *Killing Me Softly*. À la fin du troisième slow, c'était une Bruna séduisante qui ondulait entre les bras de l'inconnu qui sentait une lotion aux odeurs de pin. L'ami de l'ami de Suzana possédait un dos ferme, musclé, il sentait bon, il la tenait à la taille avec tactique et distinction, ni trop bas ni trop haut. Au bout du quatrième *Killing Me Softly*, chacun connaissait le nom de famille de l'autre. Ils passèrent la fin de la soirée assis à trinquer à la vodka et à grignoter les biscuits de la boîte à chaussures. Puis ils échangèrent leur numéro de portable et convinrent de se revoir le lendemain.

Cela commença ainsi. Ce soir-là, sur le canapé chez Zorana, une flèche fut décochée. Et une fois décochée, elle vola droit, rectiligne et silencieuse. Et atteignit sa cible. Un jour, bien plus tard, Bruna apprendrait qu'elle l'avait touchée elle.

4.

Quand Suzana lui rend visite, elle lui demande toujours avec précaution comment elle va. Bruna lui répond : pas mal. *On n'est pas mal en prison.* Elle lui dit cela, car elle ne peut pas lui dire la vérité vraie : à savoir que la prison lui convient bien.

Bruna a derrière elle des années aussi longues et plates que l'électrocardiogramme d'un mort. Chaque jour est pareil, soumis à un ordre géométrique : le lever, la cuisine, le thé, les assiettes. La cuisine, le déjeuner, la cuisine, le dîner, la cantine. Puis le soir. Les portes qui s'ouvrent et se ferment, le claquement métallique des serrures, la sirène, l'extinction des feux. Les espaces aussi sont toujours pareils, géométriquement plans et prévisibles : les ailes longues, droites, en béton, les fenêtres carrées, les grillages, le parallélogramme de la cour. Et le ciel. Le ciel qu'elle voit par la fenêtre, lui seul chaque jour n'est jamais exactement le même, il se transforme, gonfle et se charge de couches épaisses de nuages pannoniens. Il n'y a pas de surprise ici, pas de changement, pas de décision à prendre. On n'est pas obligé de planifier : et le fait de ne pas avoir à planifier procure à Bruna un plaisir pâteux singulier.

Car autrefois – avant tout ça – Bruna planifiait. Elle avait planifié quand elle s'était inscrite à la fac et s'était désinscrite, quand elle avait cherché du travail. Planifié aussi ce matin-là, le lendemain, quand Frane Šarić l'appela comme convenu. Quand son portable sonna, quand elle appuya sur la touche verte, elle avait déjà son plan en tête. Et son plan se réalisa.

L'après-midi, ils sortirent boire un verre, ils parlèrent d'eux, de ce qu'ils aimaient, de leurs familles. Il lui dit qu'il terminait ses études à l'école navale, qu'il serait marin, qu'il vivait avec sa mère dans une maison de deux étages à Kman[1]. Il lui dit que son père était mort, mais qu'avant de mourir il avait fait construire cette maison avec l'argent gagné dans une carrosserie à Ingolstadt. Il avait bâti deux étages – un pour sa sœur et un pour lui. Mais sa sœur vivait à Zagreb et sa mère louait son étage à lui pour lui payer ses études. *Je vis encore dans ma chambre d'enfant. Comme un minot*, dit-il en rougissant de confusion.

Vers dix heures, elle estima que c'était assez pour aujourd'hui. Elle lui annonça qu'elle rentrait chez elle et il lui proposa de la raccompagner. Quand ils arrivèrent devant son portail, elle sortit les clés de son sac à dos et posa ses lèvres sur celles de Frane. Ce fut le premier baiser des futurs époux.

Après qu'ils se furent séparés, elle ouvrit le portail et grimpa jusqu'à son étage. Dans l'appartement, derrière la porte vitrée, une lueur tremblotante l'attendait. Elle passa la tête dans la pièce : sa mère gisait à moitié endormie face à la télévision allumée. Bruna coupa le poste, ôta les pantoufles aux pieds de sa mère et éteignit toutes les lumières. Elle s'allongea dans son lit, remplie d'une joie béate.

Le lendemain, Frane vint la chercher en voiture. Ils se rendirent à Spinat[2] sur la digue en enrochement. Ils attendirent la tombée du soir, que les propriétaires de chiens se dispersent, et Bruna se jucha sur Frane, lui retira son pull, le déboutonna et le fit entrer en elle. Ce fut étonnamment agréable. Il n'était pas brutal, il ne tressautait pas comme une poupée mécanique. Il lui caressait le dos sous son maillot avec douceur, il la laissait s'enrouler autour de lui, se mouvoir lentement, guider le cours des choses. Il attendit qu'elle vienne, puis

1 Quartier résidentiel de Split.

2 Quartier résidentiel de Split, au nord de la colline de Marjan, en bord de mer et réputé pour ses sentiers de randonnée.

il commença à pousser des soupirs, de plus en plus profonds, de plus en plus bruyants, jusqu'à ce qu'elle sente qu'il avait joui. Il s'apaisa, se relâcha, se recroquevilla comme un petit animal écumant, vulnérable. Ils restèrent longtemps ainsi, dans une étreinte douce, à contempler à travers le pare-brise la mer qui ondoyait et le ciel au crépuscule.

Ce fut pour elle une belle soirée. Et qui restera belle. Cette relation charnelle, cette moiteur, cette respiration lente et profonde : c'est la dernière chose qui soit demeurée, quand tout entre eux s'est éteint. Bruna se demande parfois s'il ne vaudrait pas mieux qu'il en soit autrement.

5.

Les mois suivants furent les meilleurs. Tous les matins, Bruna se rendait à son travail à huit heures, elle ouvrait le cabinet comptable et attendait face à son écran allumé l'appel matinal de Frane. À quatre heures, elle quittait le bureau et elle lui téléphonait, juste pour entendre sa voix à mi-journée, comme un shoot, une dose. Ils se retrouvaient naturellement en début de soirée. Frane passait la chercher en voiture, ils allaient au cinéma, à des fêtes, ils firent la route une fois jusqu'à Zagreb pour un concert de Sting. Néanmoins, le plus souvent, ils n'allaient nulle part précisément. Ils allaient dans les bois sur la colline de Marjan, ou bien sur le môle près du petit port nautique. Ils garaient la voiture, se déshabillaient et baisaient. C'était bien. C'était mieux que tout.

Entre janvier et mars, ils entrèrent incidemment dans la vie l'un de l'autre, comme un fait imperceptible qui peu à peu s'officialise. La mère de Bruna reconnaissait la voix de Frane, elle prenait ses messages et conversait aimablement avec lui au téléphone. Pour Bruna aussi, la mère de Frane commençait à devenir une voix familière. Elle appelait sur la ligne fixe des Šarić et tombait sur le timbre profond, métallique de madame Anka, elle s'adressait à elle avec respect. Elle lui demandait courtoisement comment elle allait, obtenait une réponse tout aussi courtoise et polie. *Oui, Frane est à la maison. Oui, le voilà. Non, il est sorti. Rappelez plus tard. Rappelle plus tard.*

Au bout de quelques semaines, elle était passée au *tu* avec la dame au timbre métallique. Bruna et Frane savaient tous deux que le moment viendrait des présentations aux familles. Ils attendaient simplement l'occasion.

Et l'occasion vint. Début avril, le fils de la sœur de Frane fit sa communion. Celle-ci voulait que la fête ait lieu à Split, plus près de chez sa mère et du reste de la famille. Ils choisirent pour la réception le restaurant de poisson dans la pinède au-dessus de la plage de Firule. Ils invitèrent également cette nouvelle inconnue qui entrait dans leur vie – Bruna.

Cet après-midi, Bruna se rendit à pied dans l'anse de Firule, avec une légère boule d'incertitude dans le ventre. Elle arriva au restaurant à trois heures moins le quart.

Le restaurant était un poil vulgaire, tout en verre et laiton, avec une grande véranda vitrée qui prétendait être en extérieur, pour que les clients puissent fumer. Parvenue sur les lieux, Bruna réalisa qu'elle était en avance d'une dizaine de minutes. Elle partit faire un tour au bord de la mer. Il soufflait un libeccio désagréable, la mer était écumeuse, couleur de plomb, mais Bruna accueillit ces dix minutes de répit avec un soulagement inespéré.

Puis vint le moment d'y aller. Elle rejoignit le restaurant et ouvrit la porte comme si elle se jetait dans l'eau glacée.

Frane était déjà là. Il s'approcha d'elle et l'embrassa pudiquement sur la joue. Il lui présenta sa famille.

Elle les vit alors pour la première fois.

6.

En prison, Bruna pense beaucoup : de toute façon, il n'y a rien d'autre à faire.

Parmi les choses auxquelles elle pense, il y a cet après-midi au restaurant dans le bois. Quand elle réfléchit à cette journée, elle s'interroge. Elle se demande si elle a eu un pressentiment, si au cours de cette soirée arrosée, débridée, il y a eu quelque chose, un signe tirant vers le gris, un léger bruit de fond qui l'auraient mise en alerte. Parfois elle se convainc que oui. Elle se convainc qu'elle a eu une prémonition, qu'une ampoule en elle a viré au rouge quand elle a vu Mme Šarić. Puis ces pensées filent à tire-d'aile, car elle le sait : non, elle n'a rien pressenti.

Anka Šarić était une femme grande, corpulente, aux hanches larges, semblable à une poule couveuse veillant sur ses œufs. Ce jour-là, elle était assise au centre de la table le long du mur, comme si elle présidait à la communion de son petit-fils. Elle observait tout ce tourbillon de cousins, de brus et d'oncles, souveraine et silencieuse, comme si elle était le moteur discret, mais puissant autant qu'indiscutable de tous ces débordements festifs. Quand Frane l'appela, elle se leva et se dandina jusqu'à Bruna pour la saluer. Elle la prit dans ses bras – avec une cordialité inhabituelle – et la serra contre sa poitrine. Bruna la toucha alors, huma son odeur pour la première fois. Pour la première fois elle sentit sa peau, son souffle et son corps, un drôle de mélange d'odeurs qu'elle finirait par si bien connaître.

Puis Frane la présenta à sa sœur. Mirela Šarić était tout le contraire de sa mère. La vieille Anka était une femme aux hanches fortes, avec un corps façon Vénus de Willendorf, des cheveux courts qui la vieillissaient. Mirela, elle, était une fumeuse maigre, osseuse et gesticulante, avec une voix grave enrouée par le tabac. La mère et la fille s'opposaient encore sur autre chose. Madame Anka était silencieuse et renfermée. Alors que Mirela remplissait tout le restaurant. Elle découpa le gâteau et servit le mousseux, riant à voix haute et s'égosillant, hélant les uns et les autres. Elle embrassa Bruna, l'attrapa par le poignet et lui fit faire le tour de la salle pour la présenter à tout le monde.

Elle lui présenta d'abord son mari. Slavko était un grand type, de cette sorte d'échalas qui se tient toujours un peu plié pour paraître moins grand. Il parlait peu et son regard ne brillait pas par sa limpidité. Bruna vit clairement qu'à la maison, c'est Mirela qui tenait les rênes.

Le fils de Mirela et de Slavko était la copie conforme du père : un grand garçon aux cheveux noirs, aux longs membres désaccordés, avec quelque chose de rêveur dans le regard. Il avait l'air d'un petit vieux précoce – mais qui, accoutré d'une chemise blanche de communiant, d'un pantalon noir et de souliers lustrés, n'aurait pas l'air d'un petit vieux précoce ?

Hormis ceux-là, lors de cet après-midi, Bruna fit la connaissance d'une myriade de beaux-frères et de belles-sœurs, de cousins et de cousines. Elle s'efforça fiévreusement de fixer et de retenir les visages, les prénoms et les liens de parenté. Ça lui semblait alors si important. Aujourd'hui, elle n'arrive pas à concevoir comment elle a pu être si bête.

Après les pommes de terre, la salade de chou et le rôti de veau, après le gâteau, le vin et l'eau minérale, la famille commença à s'égailler en début de soirée. Les oncles, beaux-frères et belles-sœurs prirent tranquillement le temps de se saluer, le restaurant se vida et Slavko reconduisit à la maison le petit héros de la fête et la mère de Frane. Une fois partis les parents, les enfants et les cousins-cousines, il ne resta plus qu'eux quatre : Bruna, Frane, Mirela et Slavko. Ils sortirent sur la terrasse et Mirela commanda une tournée, puis encore une autre. Pendant que le garçon servait les *pelinkovac*, elle prenait Bruna par le cou, la serrait contre elle. « Tu es vraiment drôle ! Ça me fait tellement plaisir qu'on se connaisse », dit-elle, après quoi elle passa avec son verre sur la terrasse aménagée dans le petit bois devant le restaurant.

Là, Mirela poursuivit son monologue. Elle discourait à voix haute et euphorique, mais Bruna écoutait à peine. Pendant tout ce temps, elle observait Frane. Malgré la pénombre du bosquet elle voyait un sourire de satisfaction s'allonger sur son visage.

Ils étaient debout sur la terrasse, au-dessus de la plage, leur verre à la main, et ils regardaient la mer. Face à eux, dans le soir, il y avait le chenal, et de l'autre côté du chenal, sur les îles, les lumières des maisons, des milliers de lumières pleines de promesses.

7.

Une semaine après la communion, Frane proposa à Bruna d'aller ensemble visiter le village de sa famille. Son père était mort juste avant les Rameaux et il avait promis de se rendre sur sa tombe à cette date.

Bruna était une fille de la ville. Son père était un vieil autochtone, un gamin de la débine splitoise qui logeait dans les cahutes des faubourgs baroques au pied des remparts. Sa mère tirait de vagues origines des îles, diluées dans d'anciennes fâcheries familiales, des testaments et des divisions immobilières qui l'avaient laissée les mains vides. Bruna se distinguait de ses voisins, des gens de sa génération, de ses camarades d'école en ceci qu'elle n'avait pas « un village ». Pour les fêtes catholiques et les congés, ses amis, ses proches embarquaient dans des breaks économiques tournant au diesel, le coffre rempli de fleurs, et ils filaient retrouver leurs terres d'origine, leur milieu ombilical, lui abandonnant une ville vide, accablée de chaleur, décapitée. À la différence de Bruna, Frane avait « un village ». Ainsi, en ce dimanche des Rameaux 2006, roulaient-ils en direction des montagnes, vers les gorges de la Cetina, avant de prendre plein est.

Le village de Frane était situé sur un plateau herbu, grillé par le soleil, au milieu de monts gris et arides. Des hameaux constitués d'une poignée de maisons étaient éparpillés çà et là en bordure de champs, et au milieu du plateau, comme un cœur tari il y a longtemps, trônait une vieille école datant de la domination autrichienne. C'était une grande bâtisse, en belle pierre de taille régulière, dont les États désormais disparus bâtissaient les écoles, les prisons et les gares de chemin de fer. Les portes et les volets étaient délabrés, à moitié pourris, les murs, barbouillés et envahis de plantes grimpantes.

Ils se garèrent à proximité du bâtiment et prirent le sentier de gravier qui conduisait au cimetière et à sa chapelle. Comme dans de nombreux villages qui se meurent, le cimetière était la seule chose qui soit fleurie et entretenue. Un mur en béton grossier, neuf, s'élevait autour, quelqu'un avait commencé à le paver de pierre, puis il avait arrêté, faute d'argent. Derrière l'église se trouvait le secteur récent du cimetière, avec ses rangées de caveaux cimentés fantomatiques, en attente de leurs futurs morts en provenance de Zagreb, Francfort, Malmö, Perth et Toronto. Dans la partie ancienne, certaines sépultures ne portaient qu'une simple croix. Néanmoins une vague de prétention au luxe avait frappé la majorité d'entre elles. Une enfilade de tombes en granit sombre ou en marbre rose de Macédoine s'étendait devant Bruna. Lisses, luisantes, les plaques de pierre faisaient penser davantage au hall d'entrée d'une banque qu'à un cimetière. Au milieu de la débâcle environnante, seul le cimetière semblait neuf, rutilant et onéreux.

Frane fit halte devant une des tombes. À l'instar de la plupart d'entre elles, elle était neuve, construite en granit noir et pierre polie. Sur le socle noir, en lettres cursives, les noms des ancêtres de Frane s'alignaient : son arrière-grand-mère, première de la lignée, son grand-père, sa grand-mère, son grand-oncle et, pour finir, son père. *Filip Šarić*, était-il écrit. *Makarska 1948 – Ingolstadt 1999*. Une petite étoile pour la date de naissance, une croix pour celle de décès. Et tout à gauche, un ovale en céramique avec une photo. Dans son cadre, le défunt père de Frane les fixait d'un regard de joyeux drille.

Frane fit une génuflexion sur la tombe et entreprit de balayer la pierre.

— Il est tombé d'un échafaudage, dit-il alors. En quatre-vingt-dix-neuf, le vendredi avant les Rameaux. Ils posaient un toit en tôle sur une ferme dans un bled quelconque en Bavière. Si, je me souviens, le bled s'appelait Kelheim. Il a eu la tête qui tourne, et boum, il est tombé. Cinquante et un ans.

Frane se tut, puis il prit un vase en marbre sur la tombe. Il alla jeter les fleurs séchées dans la poubelle, remplit le vase d'eau fraîche au robinet et déballa un bouquet neuf.

— Cinquante et un ans, répéta-t-il. J'étais encore au lycée. On venait de terminer le premier étage, la terrasse avait été coulée, on commençait juste à monter le deuxième étage. Il restait cinq-six semaines de boulot avant de s'attaquer au toit. Et une fois la maison couverte, son idée, c'était de rentrer. Il en avait marre de l'Allemagne, et même plus que marre.

Il se débarrassa du papier d'emballage dans la poubelle et disposa les fleurs avec soin dans le vase. Il recula pour voir si le bouquet était arrangé convenablement, puis il s'essuya les mains et se signa. Bruna répéta les mêmes gestes automatiquement. Elle se dit qu'elle ne s'était pas signée depuis des années.

— Tout était déjà planifié, poursuivit Frane. Il finissait de couvrir la maison. Il donnait sa démission à Ingolstadt. Il prenait l'indemnité de départ et ouvrait un atelier de pièces en inox pour bateaux au rez-de-chaussée. La guerre était terminée, le tourisme relancé, avec le leasing, les charters, tout le monde qui achetait des bateaux comme des fous. Il avait tout organisé. Il n'avait plus que sept ou huit semaines à tirer. Et d'un seul coup, boum, terminé. On s'est retrouvés seuls : ma mère, Mirela, moi et cette maison inachevée.

Il s'essuya les mains et se signa une fois encore. Cette fois, Bruna ne le suivit pas. Elle tourna son regard vers l'ovale en céramique et examina la figure maigre du mort, qui la fixait droit dans les yeux sur sa stèle avec une pointe de défi. Si l'on faisait fi de la coiffure démodée du bonhomme, il ressemblait à Frane. Ils avaient la même carrure sèche et noueuse, le même visage allongé, les mêmes pommettes fortes. Le père de Frane avait l'air de quelqu'un qui aimait vivre, qui savait faire rire son monde, qui te faisait sentir le sang couler dans tes veines. Quelqu'un qui sait que la vie a du bon et que plein de belles choses devant lui l'attendent.

Plus que sept ou huit semaines, avait dit Frane, et il rentrait. Plantée au-dessus de cette tombe sous ce ciel de printemps strié de gris, Bruna trouva tout d'un coup cette pensée horrible. Cet homme qui la regardait là, mort dans son morceau de céramique, avait tout planifié point par point. Tout ce qu'il avait imaginé avait un but. Il voulait une bonne vie, une famille, un travail, de l'argent et son bout de terre. Il regardait devant lui les temps à venir, des temps qui seraient bons, porteurs de fruits mérités. Il ne s'était trompé sur rien. Sauf sur un point. Un matin, il a posé un pied de travers, à un endroit où il n'aurait pas dû, quelque part dans une ville qui s'appelait Kelheim.

— Quelle pitié, si jeune, dit Bruna, et Frane passa ses bras autour de ses épaules et déposa un baiser sur ses lèvres.

— Allez, on y va, comme ça, c'est fait, tu l'as vu aussi, dit-il, puis il se dirigea vers la sortie.

Ils prirent place dans la voiture et suivirent la route de campagne vers la mer, sous l'ombre menaçante du mont Biokovo. Le ciel se fronçait de nuages et le sommet de la montagne se voilait d'humidité.

La radio donnait les dernières informations, mais Bruna n'y prêtait pas attention, pas plus qu'à la route devant eux. Elle n'avait en tête que ce visage osseux, souriant. Cet homme qui savait qu'il avait devant lui une longue vie pleine de merveilles.

8.

Fin avril, un premier voyage attendait Frane. Un agent l'appela fin mars et lui proposa un contrat sur un Panamax norvégien battant pavillon libérien. Huit mois en mer, embarquement à Rotterdam, direction Lake Charles, Panama, Puerto Montt, Dalian, Chennai, puis l'Europe en passant par le golfe d'Aden. Début avril, il réserva un vol aller pour Rotterdam via Munich. Bruna voyait que ça mijotait dans sa tête : il n'allait pas bien.

C'est elle qui le conduisit à l'aéroport. Elle vint le chercher en voiture à Kman, Frane et sa mère l'attendaient devant l'entrée de la maison. Vêtu d'un anorak bien trop chaud, Frane fumait une dernière cigarette, il paraissait très agité. Quand il l'aperçut, il se tourna vers sa mère et l'étreignit. Ils se tinrent un long moment serrés, comme si seul le vent pouvait les arracher l'un à l'autre. Puis Frane se détacha d'elle et alla s'asseoir dans la voiture.

Il resta silencieux et nerveux jusqu'à l'aéroport. Quand ils furent arrivés, il jeta son sac sur son épaule, l'embrassa et dit : *Vas-y ! C'est mieux si on fait ça court.* Mais Bruna ne partit pas. Elle resta derrière les portes vitrées et le regarda passer les contrôles de police, ôter ses bottes et sa ceinture, présenter son passeport à la douane, sa carte d'embarquement à une hôtesse de l'air. Après que l'avion eut décollé, elle rentra chez elle. Elle s'assit dans sa voiture et prit la direction de Split, en empruntant le chemin le plus long possible. Elle longea des usines délabrées, des docks et des sites de démolition navale, une bruine de printemps commençait à tomber sur la baie. Au bout d'un moment elle n'y tint plus. Elle stoppa la voiture pour aller respirer. Elle quitta la route et marcha jusqu'à un terre-plein, un ancien dock d'une usine en ruine. Elle s'arrêta sur le plateau boueux, couvert de limaille de fer, de tôles, de bobines et de seringues de toxicos. Elle se plia en deux pour vomir. Mais elle avait la bouche sèche.

Elle se redressa, prit une profonde inspiration. Dans le bras de mer face à elle s'étendait le port, et dans le port une montagne de containers, et derrière ces containers il y avait les lumières d'une ville terne et tremblotante comme un alien malveillant. Elle voyait battre le pouls de la ville nocturne et elle se disait : sans Frane, il n'y a rien là-bas qui lui plaise, rien qui la réjouisse. Sans Frane, cette ville était vide et glacée.

Elle était là, debout, et elle le savait : il faudrait qu'elle s'habitue. Il faudrait qu'elle s'habitue car elle allait être une femme de marin. Et les marins prennent la mer, ils partent et repartent encore.

9.

Durant ces huit mois, c'est Skype qui les relia. Ils allumaient leur ordinateur à une heure dite, une heure qui dépendait de la latitude et des relèves de quart de Frane. Tantôt le matin, tantôt le soir ou au milieu de la nuit, Bruna se connectait au réseau. La petite icône verte symbolisant un téléphone bourdonnait un long moment dans un ailleurs vide et virtuel, puis une réponse lui parvenait : le visage flou de Frane apparaissait en réduction dans le carré de son écran. Pendant huit mois, son Frane fut cela : un homme amaigri, aux cheveux ras, fait de pixels flous. Des échanges brefs et hachés où ils se racontaient ce qu'il y avait de neuf à Split, la famille, la politique, le match du Hajduk de la veille, comment était la mer dans l'Atlantique, dans le golfe du Mexique ou d'Andaman. Il lui résumait succinctement son quart effectué dans la soirée, *ça a soufflé un peu au sud*, ou alors *ça a plu pas mal*, ou encore *ça s'est bien passé ce soir*. Ils discutaient une dizaine de minutes, après quoi ils se disaient au revoir et l'homme maigre disparaissait dans le néant des pixels.

Le jour suivant leur échange sur Skype, elle allait rendre visite à la mère de Frane. Mme Šarić la faisait entrer dans la maison, lui préparait un café turc et allait s'asseoir sur le canapé. Bruna lui racontait leur conversation, lui décrivait Frane, comment il avait l'air, quelle était son humeur. À la fin, madame Anka l'attirait contre sa poitrine, la serrait entre ses bras replets et pressait sa joue contre la sienne. Elles s'embrassaient, et Bruna sentait alors une odeur confuse, entre la crème de lait et l'ammoniaque.

Un après-midi après la séance Skype, elle se rendit ainsi chez Anka Šarić. Elle s'assit à la table de la cuisine, elle but avec elle le café habituel et lui rapporta sa conversation avec Frane. Alors madame Anka se leva de son canapé et l'invita à la suivre. Elle alluma la lumière dans la cage d'escalier fraîchement repeinte et grimpa à l'étage en roulant des hanches. Elle déverrouilla une porte en aggloméré et la fit entrer. L'appartement était neuf, équipé, mais en désordre. Des vêtements traînaient çà et là, on distinguait dans le four à micro-ondes un reste de poulet froid. « Voilà, dit-elle. Il y a un peu de désordre, il y a des locataires en ce moment. Mais il vous attend, toi et Frane. C'est son appartement. » Elle alluma les lumières dans toutes les pièces pour que Bruna se fasse une idée de l'espace. Elle contempla avec une mine dégoûtée les affaires éparpillées des locataires et la vaisselle sale, puis elle éteignit les lumières et referma la porte. « Voilà, je t'ai montré, pour que tu saches. Qu'est-ce que vous attendez ? Il est temps pour vous. » Elle dit cela, puis elle descendit l'escalier.

Ce soir-là, Bruna sortit avec Suzana dans un bar et avala deux bières brunes qui lui tournèrent la tête. Le mal de crâne à venir se concentrait lentement autour des tempes et elle regardait dans le dos de Suzana le bar bondé d'hommes. Des hommes de toutes sortes, des grands et des petits, des visages grêlés et des basanés, et elle s'étonnait qu'entre eux tous, il y en ait un qui ait débarqué dans sa vie. Tout cela parce qu'un soir elles étaient allées à un anniversaire et qu'un Fabo passablement éméché avait passé et repassé *Killing Me Softly.*

Elle observait maintenant tous ces mâles, ce vacarme de voix graves, toute cette testostérone qui explosait ce samedi soir, et elle le savait : elle n'aurait jamais à connaître ce que c'était que de vivre avec l'un d'eux, avec un autre qui ne serait pas Frane. Alors qu'Amy Winehouse retentissait dans le café, que Suzana secouait la tête en rythme et que sa propre migraine croissait, Bruna trouva cette révélation particulièrement étrange.

10.

Frane devait être de retour pour Noël, par un vol en provenance d'Aden et Francfort. Une vingtaine de jours avant cette date, ils se retrouvèrent sur Skype. Ils commencèrent par parler comme d'habitude, puis le Frane maigre et flou de l'écran tout d'un coup se tut. Après une pause, il regarda vers la caméra puis il prononça une phrase courte, une phrase que Bruna attendait. « Quand je vais rentrer, il faudrait qu'on se marie », dit-il. Et en guise d'explication il ajouta une série de phrases que Bruna avait entendues, quelque temps plus tôt, dans la bouche de sa mère. « Qu'est-ce qu'on attend ? Il est temps pour nous. »

Cette phrase, c'était une demande en mariage. La première dans la vie de Bruna. Et la seule, elle le sait maintenant.

Ce soir-là, elle resta longtemps sans pouvoir s'endormir. Elle tourna dans son lit et réfléchit à ce qui l'attendait. Le cabinet comptable avait prolongé son contrat à durée déterminée, elle n'était donc pas éligible à un crédit. Frane enchaînerait les voyages au long cours. Il leur était impossible d'emprunter. Frane ne voudrait pas louer quelque chose, alors qu'un étage vide les attendait à Kman. S'ils se mariaient, ils emménageraient à l'étage au-dessus d'Anka Šarić. Bruna se retournait dans son lit de jeune fille sans trouver le sommeil et elle projetait dans sa tête l'image de l'appartement à l'étage, les fringues sales des locataires et le reste de poulet. Au moins une fois, au moins cette fois-là, son instinct du danger ne l'a pas trahie. Cet étage chez les Šarić, ça ne lui plaisait pas.

Le lendemain matin, elle se leva pour aller au travail, comme toujours. Cette nuit d'insomnie l'avait épuisée. Elle se prépara un café turc et enduisit une biscotte de beurre. C'est alors que sa mère entra dans la cuisine. Elle qui aimait faire la grasse matinée, qui se levait rarement tôt. Aujourd'hui elle était là : bouffie de sommeil, les cheveux emmêlés, mais elle était réveillée, l'esprit clair, le regard aiguisé. Elle s'assit à la table, servit à toutes les deux une tasse de café et fixa sa fille avec curiosité.

Elle se tut un long moment. Avant de dire : « Il y a pire que ça, si tu veux mon avis. Vous aurez un toit à vous au-dessus de la tête. Et puis ce n'est pas des mauvaises gens. »

Bruna se tenait debout près de la cuisinière et grignotait sa biscotte au beurre tout en observant sa mère. Laquelle alluma une cigarette et avala une gorgée de café. Elle le sirotait tranquillement, sans savoir qu'elle venait de condamner sa fille.

Deuxième partie

11.

Seules deux personnes rendent visite à Bruna : Suzana et sa mère.

Les visites de Suzana sont plus rares. Quand elle vient, elle lui apporte un livre et un CD de musique, du chocolat, un paquet de journaux. Le plus souvent elle s'assoit à la table la plus proche de l'entrée et elle fixe Bruna droit dans les yeux, comme si elle ne voulait pas détourner le regard, comme si l'espace autour d'elle était pestiféré, un piège dans lequel il ne faut pas tomber. Suzana, quand elle lui rend visite, parle beaucoup. Elle parle des gens qu'elle connaît, des membres de sa famille, de baptêmes et d'adultères, de choses qui n'intéressent plus du tout Bruna.

Sa mère vient la voir plus souvent, une fois par mois, toujours un samedi. Elle s'assoit toujours à la table la plus proche de la fenêtre. Elle évite de regarder Bruna dans les yeux. À la place, elle regarde dehors, par-dessus les toits, on dirait qu'elle cherche dans la croisée des nuages, des oiseaux et des câbles électriques la formule explicative d'un univers inaccessible. Elles parlent peu. Et quand elles parlent, la mère fond rapidement en larmes. Ses visites sont difficiles.

Bruna le sait : sa mère est rongée de remords. Les années passent et elle se demande toujours pareillement si elle aurait pu l'aider. Si elle a été à ses côtés quand il fallait. Si elle lui a donné des conseils avisés, comme une mère doit le faire. Si elle a commis des erreurs. Par exemple, est-ce qu'elle s'est trompée, ce matin où elle a prononcé cette phrase décisive. *Ce n'est pas des mauvaises gens*, voilà ce qu'elle a dit.

Elle a dit des mots suivis de conséquences.

Quand Frane revint de sa mission en décembre, ils commencèrent les préparatifs pour s'installer à l'étage. Anka donna congé aux locataires et vida leurs affaires. Avec l'argent qu'ils avaient de côté, Frane et Bruna engagèrent des travaux. Ils repeignirent la cuisine, changèrent le carrelage de la salle de bains et débardèrent dans la chambre à coucher un grand lit conjugal qui sentait la colle. Quand en fin de journée ils cessaient le travail, ils jetaient un drap en travers du lit et baisaient. Puis ils restaient un long moment étendus sur le dos. Pendant que Frane fumait, Bruna respirait l'arôme du tabac et contemplait le plafond. L'appartement était à moitié vide, peint à neuf, plein d'une odeur âpre de colle et de laque. Il n'y avait plus de locataires, plus de mouscaille, plus de madame Anka. Ce qu'il y avait là auparavant semblait avoir été réprimé, éliminé par les couches de vernis et de peinture. Bruna avait pour la première fois l'impression que l'endroit peu ou prou avait un air de chez-soi.

Une semaine après le Nouvel An, ils achevèrent d'aménager l'appartement. Le lendemain, ils fixèrent la date du mariage. Ils s'épousèrent le deuxième samedi de février, dans un restaurant disposant d'une salle de réception à Žrnovnica[1]. Ils commandèrent un banquet pour quarante personnes – ni trop petit ni trop grand – avec un groupe de musique et une pièce montée. Sur la pâtisserie trônaient des jeunes mariés en pâte d'amandes. Ils se dressaient au sommet du gâteau, petits et luisants, en attente d'un couteau qui vienne les découper.

1 Village à l'extérieur de Split.

Alors, à la cantine de la prison, quand elle gratte la vaisselle sale, débarrasse les couteaux des restes d'un gâteau bon marché à la margarine, souvent son mariage lui revient en tête. Quand elle y pense, elle essaie de se rappeler quelque chose ce soir-là qui ait été un tant soit peu différent, quelque chose qu'elle aurait elle-même vraiment désiré. En vain. Tout ce qui lui revient comme souvenir, c'est un espace standard dépouillé. Le curé et le gâteau, la prière et le plat de *pašticada*, les claviers, l'hymne, la pâte d'amandes et le fromage de brebis. Les taches sur la nappe, le slow lançant la soirée, les grains de riz jetés et le goulasch pour dégriser les soûlots. Un mariage comme tous les autres, se dit-elle chaque fois qu'elle y pense. Et elle ressent un malaise à la limite de la honte.

Le matin qui suivit la noce, elle se réveilla pour la première fois dans une nouvelle maison, dans un nouveau lit qui sentait encore la colle. Elle se dégagea de l'étreinte de Frane et se leva. Elle avait mal au crâne à cause du vin blanc absorbé, alors elle alla ouvrir la fenêtre pour respirer un peu d'air du dehors. En s'approchant de la fenêtre, elle aperçut en bas la mère de Frane. Anka balayait les feuilles dans l'allée, robuste et imposante, totalement alerte, comme si elle n'avait pas nocé la veille. Bruna fit aussitôt un pas de côté. Puis elle s'étonna de son geste. C'était si spontané, si décidé qu'elle en fut confuse. Elle avait préféré que sa belle-mère ne la voie pas. En tout cas pas maintenant. Pas là. Pas encore.

Autour de midi, Anka les appela par la fenêtre pour le petit déjeuner. Frane se réveilla aussitôt et descendit au rez-de-chaussée en pyjama. Bruna hésita. Elle ne savait pas si elle devait s'habiller comme pour sortir ou bien si elle pouvait – à l'instar de Frane – y aller en robe de chambre, comme un membre de la famille. Elle se tenait indécise face à son armoire, puis elle opta pour une solution médiane. Elle enfila un jogging et suivit Frane en bas.

Anka les attendait avec un petit déjeuner copieux – des œufs durs, du jambon cru, des toasts et du café. Ils s'assirent et commencèrent à manger. Frane était volubile et de bonne humeur, il avait bon appétit. Bruna, elle, picorait dans son assiette tout en observant cette femme étrangère bien en chair, qui mâchait un jaune d'œuf et discutait avec son mari. Ces deux-là échangeaient de façon codée, ils déroulaient le fil de conversations entamées il y a longtemps. Des conversations dont elle était exclue.

Bruna fut prise soudain d'un sentiment nouveau, d'une sale méchante humeur. Elle se voyait tout à coup sous la lumière désagréable et crue d'un projecteur. Elle était assise dans la cuisine d'une autre et ce n'était pas elle qui recevait. Elle prenait son petit déjeuner de jeune mariée mais elle n'était pas la maîtresse du foyer. Elle était assise et face à elle, à table, il y avait une femme qu'elle connaissait à peine, avec qui elle partageait désormais le gîte. Sauf que cette maison, en vérité, était celle d'Anka. Elle n'était, elle, qu'une pièce rapportée, une immigrée qui devait faire son trou.

Plus rien ne sentait la colle et le vernis. Le sentiment d'être chez elle avait disparu, balayé d'un revers de main. Elle trempait son couteau dans la confiture et se disait : ça va être dur.

12.

Et ce fut dur. Pas tout de suite, pas d'un seul coup. Le piège se referma lentement, comme un poisson qui entre dans une nasse et croit encore un moment qu'il nage dans la mer en liberté.

Cela commença par la cuisine. La première semaine, Bruna et Frane se firent à manger pour eux. Puis un matin, Anka dit que ça n'avait pas de sens que les deux étages fassent chacun leurs commissions et dépensent du gaz pour rien. Bruna ne dit rien et, ce qui la surprit, Frane fut d'accord avec ça. Plus tard, rendus à leur étage, elle lui demanda pourquoi. Elle a raison, dit-il. On jette l'argent par les fenêtres. Quand il y en a pour deux, il y en a pour trois.

Le lendemain, ils commencèrent à manger chez Anka. Frane attendait que Bruna rentre du travail. Bruna quittait alors sa tenue de bureau pour enfiler toujours le même jogging, puis ils s'engageaient ensemble dans l'escalier et entraient dans la salle à manger où les attendaient une table mise et une poêlée fumante. Frane faisait honneur au plat, louait la cuisine maternelle, et Bruna lavait la vaisselle après le repas.

Un jour, Bruna proposa à Anka de laver la vaisselle dans leur machine. Anka la cloua du regard et lui répondit que la machine élimine mal les graisses et entartre les verres. « Si tu es fatiguée après ton travail, je m'occuperai de laver la vaisselle », dit-elle, et Bruna ne répondit rien. À la fin du repas, elle se leva et entreprit de gratter dans l'évier les restes de saucisse aux lentilles.

Le lendemain, durant le déjeuner, Anka se plaignit que cela devenait de plus en plus difficile pour elle de briquer toute seule la cour. Elle dit cela en passant, entre deux bouchées, en regardant Frane comme s'il n'y avait qu'eux deux dans la pièce, comme si Bruna n'était pas là. Bruna intervint pour dire qu'elle pouvait s'en charger.

Le samedi, Bruna enfila un vieux survêtement et descendit dans la cour. Elle balaya les feuilles mortes et la poussière, après quoi elle rinça au tuyau le carrelage et chassa l'eau noircie au balai-brosse. La masse informe de feuilles, de boue et d'insectes morts disparut sous le jet d'eau dans le caniveau devant la porte d'entrée. Après quoi Bruna contempla le résultat. La netteté des dalles de pierre titillait en elle un peu de plaisir pervers.

Elle grimpa à l'étage et se doucha. Quand elle eut fini, elle aperçut Anka dans le jardin. La vieille femme était agenouillée sur la pierre tout juste lavée et briquait à nouveau le sol. À genoux, obstinément, infatigablement, elle grattait le ciment des joints avec une grosse brosse de sorgho. Bruna descendit dans la cour. Anka ne lui fit aucun reproche. Elle dit simplement la crainte qu'elle avait en général, en principe, des saletés dans les joints et des bacilles qui se nichent dans les fissures. « Demain il y a les minots qui viennent jouer ici, dit-elle. J'ai peur qu'ils s'infectent. » Et cette sentence piqua Bruna au vif comme une pointe de diamant.

Les poubelles étaient jetées le mardi et le jeudi, pas le mercredi ni le vendredi. Une couverture était mise à sécher mouillée et non essorée, pour qu'il n'y ait pas de pli. Un tapis de sol se lavait à l'eau tiède dans la cour, et non à la machine. Les taches de graisse se détachaient à l'essence et celles de vin avec du sel et de l'eau. Le chauffe-eau était éteint le jour et allumé la nuit, pour la tarification basse. La maison à trois niveaux avait tout d'un appareil compliqué au mode d'emploi indémêlable, avec ses secrets que seule une archiprêtresse pouvait connaître à fond. Pour chaque chose il y avait des règles, et Anka Šarić, du haut de sa consécration, rappelait en permanence à Bruna combien elle était une godiche ignorante de ces règles. Il n'y avait chez Anka pas la moindre trace de colère ou d'hostilité : seulement une domination qui allait de soi. Telle une princesse glaciale et inaccessible, c'est incidemment qu'elle l'accablait, sans le faire exprès.

Au bout de quelques semaines, Bruna se rendit compte qu'elle commençait à éviter Anka. Si elle sortait et qu'elle entendait dans l'escalier le pas de la vieille femme, elle battait en retraite, elle rentrait dans la maison et attendait que le bruit du pas s'éteigne. Si elle descendait dans le jardin, elle vérifiait d'abord qu'Anka ne s'y trouve pas. Si elle était de retour du travail avant Frane, elle restait tapie à l'étage, fantôme invisible, afin de ne pas attirer l'attention de la maîtresse des lieux. Quand Frane et elle empruntaient l'escalier pour descendre déjeuner, elle sentait, avant même d'aborder la première marche, une humeur noire venir électriser sa poitrine.

Ce fut dur. Et ce fut chaque jour de plus en plus dur.

13.

Un week-end, elle rendit visite à sa mère, dans son ancien appartement. C'était le début de l'après-midi, sa mère la reçut en robe de chambre et la serra dans ses bras. Bruna sentit alors le parfum délicat d'une eau de Cologne. Elle a de nouveau quelqu'un, pensa-t-elle. Et c'est quelqu'un de généreux.

Divna la fit asseoir face à la télévision et alla préparer un café. Bruna était installée dans un fauteuil, près de la table basse, et elle découvrait avec étonnement la nouveauté de la situation. Elle était là comme invitée dans sa maison. Une invitée qu'on reçoit, qui n'ouvre pas elle-même mais sonne à la porte, qui n'a peut-être même pas la clé. Une invitée à qui l'on prépare un café quand elle vient, à qui l'on propose un verre à liqueur de grappa ou d'amaro.

— Ne fais pas un café, dit-elle. Sers-nous plutôt quelque chose de fort.

La mère posa sur la table un plateau en maillechort, deux petits verres, une bouteille d'un *pelinkovac* industriel et une autre en verre dépoli. Bruna le savait : il y avait dans la bouteille du marasquin, le caprice des ménagères, le péché mignon des femmes mûres. Divna s'en versa un verre et servit un *pelinkovac* à sa fille. Puis elle la regarda. « Alors, demanda-t-elle, comment tu vas ? » Et sans attendre la réponse, elle compléta elle-même. « Qu'est-ce que j'ai à te demander comment tu vas ? Profite, ma fille, c'est ta lune de miel. Profite tant que tu es jeune. Profite, car ce ne sera jamais aussi bon que maintenant. Jamais – souviens-toi de ce que je te dis. »

Bruna la regarda. Ainsi vêtue, dans sa robe de chambre douillette, elle affichait son âge. Face à Bruna, elle ne dissimulait pas les taches de vieillesse sur sa poitrine, ses mains ridées, la géographie enchevêtrée des veines sur ses jambes. Bruna savait qu'elle avait à nouveau quelqu'un. Pas seulement en raison de ce parfum coûteux. Elle le voyait à ses ongles de pied soignés, à ses lèvres impeccables, à son crâne d'où le moindre cheveu de couleur naturelle avait été méticuleusement extirpé. « Profite tant que tu es jeune », voilà ce qu'avait dit sa mère. Car sa mère l'enviait. Elle lui enviait sa béatitude, laquelle dans son cas était révolue à jamais, mais qu'elle essayait de ressusciter, à chaque jour recommencé, dans un combat féroce et rageur, au prix d'efforts phénoménaux. Bruna est jeune. Bruna a la seule chose qui intéresse Divna et qu'elle aimerait posséder dans la vie. Mais Bruna, ça ne lui suffit pas, elle ne sait pas en profiter.

Elles trinquèrent. Bruna sirota le contenu marron de son verre, et l'alcool au bout d'un moment lui chauffa les entrailles et embrasa ses joues. « Allez, au bonheur, dit Divna, tout en levant son verre au ciel. Pourvu que ça dure toujours. »

Sa mère est heureuse, pensa Bruna. Et elle croit qu'elle aussi est heureuse. Elle pense que tout le monde par principe devrait être heureux, dès lors qu'on n'est pas malade et qu'il n'y a pas la guerre, la peste ou n'importe quel autre fléau. Et quoi qu'elle dise, sa mère va penser qu'avec Bruna c'est toujours la même chose, qu'elle voit encore le verre à moitié vide et non à moitié plein. Au lieu de le voir tel qu'il est.

« Que ça dure toujours », répliqua Bruna, et elle leva également son verre.

« Grâce à Dieu. Qu'il nous donne du pain et la santé. Et puis des enfants », ajouta Divna. Une fois son dicton énoncé, elle avala son marasquin avec un plaisir infini. En cet instant, Bruna envia sa mère. Jamais de sa vie elle ne jouirait du monde qui l'entourait comme pouvait le faire sa mère.

Avant de partir, elle désira voir son ancienne chambre. Elle inventa un prétexte plausible, dit qu'elle avait besoin de récupérer un livre. Sa mère l'accompagna et alluma la lumière. Au grand étonnement de Bruna, sa chambre avait changé d'aspect dans l'espace de ces quelques semaines.

Pas à en devenir méconnaissable. Les objets essentiels étaient toujours là, identiques, intacts : le bureau, la chaise, le lit, l'étagère et son atlas scolaire, son dictionnaire, ses manuels de droit. Mais une nouvelle strate de vie s'était déposée sur tout ce qu'elle avait laissé là, comme une couche d'herbes sous-marines, de corail et de posidonie qui aurait pris d'assaut l'épave d'un bateau. Sur le bureau, sa mère avait entreposé des bocaux d'ajvar et de confiture. Sur l'étagère, elle avait remisé son trop-plein de livres, reliques malheureuses de son intérêt passager pour le jardinage, les religions orientales, l'espéranto ou les régimes. Un rouleau de toile destiné à un futur vélum était étalé sur le lit. Lequel était défait et encombré de tout un bric-à-brac.

Divna lut une pointe de désapprobation sur le visage de Bruna. Elle prit aussitôt un ton sérieux, entre l'excuse et la flatterie. « Comme tu n'es plus là, je m'arrange, dit-elle, ça fait un peu d'espace en plus. Tu n'es pas fâchée ? C'est sûr que tu n'es pas fâchée ? »

« Évidemment que je ne suis pas fâchée », répondit Bruna, étonnée elle-même de constater combien c'était contraire à la vérité. Elle prit un livre sur l'étagère pour donner du crédit à son histoire. Divna éteignit la lumière et ferma la porte de la chambre. Un frisson désagréable parcourut Bruna.

Elle ne vivait plus là. Elle était expulsée de son ancien chez-elle, il s'était refermé et avait comblé le vide qu'elle avait laissé, comme si elle n'avait jamais vécu là. Elle était comme une pierre jetée à l'eau, qui donne à voir encore quelque temps quelques vagues concentriques, avant que la surface se calme. Et que les entrailles se referment.

Il n'y avait plus qu'un endroit où elle était chez elle. Et cet endroit, c'était la maison des Šarić.

14.

Début avril, Frane dut se rendre à Trieste pendant deux jours pour un rendez-vous avec un agent. Il prit le bus de nuit pour Trieste, une sacoche sous le bras et le visage renfrogné. Bruna le conduisit à la gare et attendit que le bus disparaisse à l'horizon. Il régnait dans l'endroit une odeur d'essence brûlée et de sueur qui la fit vomir.

Elle remonta dans sa voiture et rentra à la maison. Elle grimpa à l'étage en douce, sans un bruit, pour ne pas attirer l'attention d'Anka. La maison des Šarić était grande, sombre et glacée, comme un château endormi. Elle s'allongea dans les draps froids, à l'écoute de la nuit noire. Un malaise indéfinissable l'empêcha de s'endormir.

Le lendemain, de retour du travail, elle se changea, enfila un jogging et descendit comme d'habitude déjeuner avec Anka. Elle s'arrêta devant la porte. À l'intérieur, elle entendit la voix de Mirela.

Mirela revenait souvent à Split. Elle se constituait toutes les cinq ou six semaines un week-end prolongé, avec une astreinte ou un jour férié accolé, et descendait dans le Sud pour passer voir sa mère et faire un tour dans leur maison de vacances à Sevid. Le jour des visites de Mirela, un couvert supplémentaire était mis à table, ainsi qu'un verre de liqueur de noix à son intention. Quand Mirela était là, le déjeuner durait. Frane allait chercher dans la remise une bouteille de vin, ils restaient assis et riaient, Mirela était radieuse et parlait fort, comme toujours, et Bruna attendait la tombée du soir pour s'esquiver à l'étage.

Il en alla de même cette fois-là. Anka et Mirela étaient assises dans la cuisine, Anka parlait tout doucement, sur le ton de la conspiration, et Mirela, d'une voix claire et résolue. Bruna s'arrêta devant la porte pour écouter ce qu'elles disaient. Et elle entendit : elles disaient du mal d'elle.

Anka se plaignait. Elle prétendait qu'elle était sale, qu'elle tenait mal la maison et que tout lui était pénible. « Je ne sais pas qui veillera sur Frane, dit-elle, une fois que je ne serai plus là. »

— Dieu me pardonne, on dirait pas une femme, ajouta-t-elle avec une pointe de méchanceté. Elle porte toujours le même jogging, on croirait une estrasse.

— Ma pauvre, répondit Mirela. Avec ces deux jeunes à la maison, tout te retombe sur le dos.

Bruna était là, frappée de stupeur, s'efforçant de ne pas respirer, de ne pas bouger pour ne pas être prise en train d'écouter aux portes. Puis les deux femmes dans la cuisine changèrent de sujet, l'air de rien, comme en passant, comme si l'instant d'avant elles n'étaient pas en train de l'écorcher vive.

Bruna s'apprêta à entrer dans la pièce. Puis il lui revint qu'elle portait présentement ce jogging foncé. Elle monta à l'étage, se changea pour une tenue de bureau et redescendit. Quand elle entra chez Anka, les deux femmes la saluèrent tout sourire et l'invitèrent à se joindre à elles.

Devant elles, comme toujours, il y avait des verres à liqueur d'alcool de noix. Ils étaient presque vides, il n'y avait plus au fond qu'un dépôt marron. Bruna était assise et fixait des yeux les verres sales. Elle avait envie de vomir. Au lieu de cela, elle se reprit et adressa un sourire aimable aux femmes qui lui faisaient face.

15.

Au cours des mois suivants, Bruna et Anka se livrèrent une petite guerre. Une guerre cousue de velours, sourire aux lèvres et sans éclats de voix. Quand Bruna faisait la vaisselle après le déjeuner, elle savait que les assiettes seraient passées au scanner du regard réprobateur d'Anka. Quand elle voulait laver les tapis à la machine, Anka lui reprochait de dépenser de l'électricité et de détruire le tambour de l'essoreuse. Quand Anka préparait des côtes de porc, Bruna lui reprochait de faire à manger trop gras pour Frane. Quand, un soir, Bruna cuisina des pâtes au pesto, Anka se pinça le nez et dit que ça puait, ce truc vert. Bruna n'aimait pas la table d'Anka : trop lourd, trop de saindoux, trop de charcuterie. Toute cette choucroute, ces flageolets, ces côtelettes, Bruna avait l'impression de gonfler et elle dormait mal. La cuisine de la vieille femme lui détraquait le teint et les intestins. Quant à celle de Bruna, à peine Anka y plantait-elle le bout de sa fourchette.

C'était la guerre. Mais une guerre entre des parties déséquilibrées, car Anka était en permanence à la maison, à la différence de Bruna. Quand, le matin, Bruna s'en allait au travail, elle connaissait la suite de l'histoire. Anka montait à l'étage et se mettait aux petits soins de Frane. Mère et fils régnaient en maîtres dans le foyer de Bruna, et la reine mère rangeait le désordre de sa bru sous les yeux de son prince. Quand Bruna rentrait, elle trouvait le sol astiqué, les livres alignés sur l'étagère, et sa journée était irrémédiablement pourrie. « Écoute, c'est tant mieux si elle te soulage de quelques tâches, justifiait Frane sur un ton apaisant si d'aventure elle se plaignait, tu as déjà bien assez de travail comme ça. » Bruna ne répondait rien. Elle ne répondait rien car c'était vrai, ce que Frane disait, incontestablement.

Maintenant que tout cela est du passé, il arrive quelquefois à Bruna de penser à son ancien mari quand elle regarde dehors par la fenêtre grillagée. Elle observe le ciel gris d'automne et elle se demande : Frane a-t-il vu quelque chose ? A-t-il compris ce qui se passait ? Ou bien il n'a rien vu ? Ou alors il a simplement préféré ne rien comprendre, ne pas prendre parti entre sa mère et sa femme ? Car Frane ne s'est pas impliqué dans la guerre qui se déroulait devant lui. Il a grossi lentement de toute la nourriture trop grasse d'Anka, mais pour le reste, il était toujours le Frane avec qui elle avait dansé sur *Killing Me Softly*, le Frane qui sentait une odeur de pin et avec qui elle baisait dans la voiture sur la digue de Marjan. Le soir, insatiables, ils s'empoignaient et se dévoraient jusqu'à l'os. Et au matin, c'était à nouveau une chape de silence sur la seule chose dont Bruna aurait voulu qu'ils parlent.

La guerre dura. Et Bruna la perdit. À chaque étage de la maison, il n'y avait rien sur quoi Anka ne régnât pas.

Puis vint le mois de mai. Et Frane se prépara à reprendre la mer.

16.

Il se prépara à repartir en mer pour six longs mois. Il prendrait un vol pour Brême où il embarquerait sur le même Panamax *Flora Star*, direction le Nouveau-Brunswick, Norfolk, le canal de Panama et Qingdao. Cette fois, c'est Bruna qui fixait des yeux épouvantés sur le calendrier.

Un soir, Frane et elle regardaient la télévision emmitouflés dans une couverture sur le canapé. Quand elle vit que la tête de Frane commençait à pencher sur le côté, elle éteignit le poste depuis la télécommande et secoua doucement son mari pour le réveiller. Ils se déshabillèrent et se couchèrent, lovés l'un contre l'autre. Alors elle lui dit ce qui occupait son esprit depuis plusieurs jours : « Pendant que tu seras en voyage, je pense que je vais m'installer à la maison chez ma mère. »

Elle ne s'attendait pas à une réaction aussi orageuse. Frane était désormais totalement réveillé, il avait sauté du lit, agacé. Vêtu d'un maillot de corps, il s'assit à la table – cette table sur laquelle ils ne mangeaient plus – et planta son regard dans le sol. « J'imaginais que ta maison, c'était ici, dit-il. J'imaginais que c'était ici que tu habitais, que c'est pour ça qu'on a aménagé tout ça. » Il tambourinait nerveusement des doigts sur la table en merisier, en colère comme il pouvait l'être : une colère contenue, sourde, pesante. Bruna le voyait qui bouillait. Elle ne dit rien. Elle reprit sa place dans le lit, se mit en boule de son côté et fit semblant de dormir.

Dans la nuit, elle pensa se tourner pour voir si lui aussi était pareillement agité, s'il ne trouvait pas le sommeil. Mais elle ne le fit pas. En cet instant précis, elle se fichait éperdument de savoir comment il se sentait.

Frane s'envola pour Brême le 19 juin. À nouveau elle l'accompagna à l'aéroport. À nouveau ils s'embrassèrent au terminal des départs, puis elle le suivit du regard pendant qu'il passait le portique de sécurité, la douane et le contrôle des passeports. Après quoi elle sortit du bâtiment, prit place dans la voiture et y demeura assise, immobile comme morte, jusqu'à la tombée de la nuit. Elle avait devant elle à nouveau six mois de néant.

17.

Depuis qu'elle est aide-cuisinière, Bruna se lève la première, avant l'aube grise sur la plaine pannonienne, avant toutes les détenues. Ce n'est pas bien difficile, de toute façon elle dort peu, quand d'aventure elle dort.

La journée de Bruna commence aux aurores. Elle se réveille, ouvre les yeux et son regard se pose sur cette planche jaune de contreplaqué couverte de mots salaces et de sentences adressées à l'humanité. Elle se lève, se lave, se peigne, noue ses cheveux. Elle se regarde dans le miroir, examine son visage et mesure la progression des rides depuis la veille.

Puis Bruna parcourt le long couloir, ouvre la porte de la cuisine. D'habitude, elle y arrive la première, elle allume la lumière et met de l'eau à bouillir pour l'infusion. Parfois Vlatka l'a précédée, alors elle s'assoit près du plan de travail et lit le journal de la veille. La Rom arrive la dernière. Aussitôt elle sort dans la cour à l'arrière fumer sa première cigarette. Bruna la laisse fumer, puis elle descend la rejoindre et elles vont ensemble récupérer les sacs de pains.

C'est comme ça tous les jours, et c'est comme ça aujourd'hui encore. Elles préparent une terrine de viande. Bruna sort du congélateur la viande hachée. Elle émince des oignons, hache du persil, ouvre une boîte de petits pois. Mejra prend le pain et le coupe au couteau électrique. Bruna remarque que les tranches de Mejra sont trop épaisses. Le pain va disparaître à toute allure.

Bruna apprécie de travailler en cuisine. Non pas qu'elle aime faire à manger – elle n'aime pas ça. Elle apprécie de travailler en cuisine parce qu'ainsi elle n'est pas obligée de déjeuner avec les autres détenues. Elle n'est pas tenue, contrairement à elles, de prendre sa pitance sur un plateau, de s'asseoir à une table collective et de partager son ordinaire avec une foule étrangère. À la place, Bruna cuisine, établit les portions, puis elle attend que les détenues prennent leur repas, puis elle fait la vaisselle. Enfin – quand tout cela est terminé – Mejra sort dans la cour, Vlatka se retire dans un coin, et Bruna se met une côtelette à frire, se sert une louche de ragoût et va s'asseoir dans un coin de la cuisine. Elle mange seule, tranquille. Quand elle a terminé, elle reste assise encore un moment. Elle profite du silence, fixe longuement un point devant elle, à l'endroit où la gaine de la ventilation débouche du mur et serpente vers la hotte.

Dans les films de prison, souvent, on met les prisonniers à l'isolement quand il est question de les punir. Bruna trouve cela ridicule aujourd'hui. Car s'il y a une chose, une seule, qui lui manque en prison, c'est bien la solitude. Cette solitude – ce soupçon de paix à l'état pur –, elle la trouve chaque jour en cuisine, quand elle établit les portions.

Ce sentiment d'une solitude qui lui va bien, Bruna l'éprouva pour la première fois quand Frane partit en mer. Tout d'un coup, non sans un peu de culpabilité, elle dut admettre qu'elle se sentait mieux sans lui.

Et ce sentiment l'effraya. Il y avait là quelque chose d'injuste, quelque chose d'une trahison. Mais au fil des jours, elle se rendit à l'évidence que c'était tout simplement comme ça. Elle passait la matinée à son travail, comme avant, grattant toutes les heures supplémentaires possibles. Elle ne croisait Anka qu'à l'heure du déjeuner, un déjeuner qui demeurait le dernier rituel, le dernier lien pouvant faire croire à un foyer commun. Elles parlaient peu pendant le repas que Bruna s'efforçait d'écourter autant que possible. Après quoi, comme toujours, elle lavait la vaisselle, saluait la vieille femme et s'esquivait là-haut, à son étage. Elle allait s'enfermer dans sa coquille.

Elle savait qu'elle était sous surveillance. Elle savait qu'Anka guettait si elle sortait, quand elle rentrait et qui la raccompagnait. Mais cet espionnage sans faille était sans objet car la vie de Bruna était aussi vide et vierge qu'une feuille blanche. Elle ne sortait même plus boire un verre avec Suzana. Elle voulait être seule, dans son trou. Elle appréciait les longs après-midi d'été dans la pénombre des volets tirés, avec la brise de mer qui emmêle les rideaux et, en fond sonore, de la mauvaise musique émise par une station de radio douteuse. Elle allait dans la salle de bains, se lavait de sa transpiration, se préparait des haricots ou du chou-fleur, contemplait tranquillement la ville sombrer dans le soir par la fenêtre du balcon.

Parfois, à une heure étrange – une heure fixée en fonction du fuseau de Panama ou de Taïwan –, elle ouvrait Skype. Et face à elle apparaissait un Frane pixellisé à nouveau vieilli, amaigri par l'ordinaire du navire. Ils discutaient de choses et d'autres, des alizés du Pacifique et des orages au large des îles Aléoutiennes. Ils parlaient de tout, sauf d'une chose. Il ne demandait jamais comment allait sa mère. Il était évident qu'il l'appelait par téléphone satellitaire depuis des méridiens étranges, à travers une forêt touffue de chuintements et de grésillements. Il appelait aussi sa sœur. Mais quand il parlait à Bruna – il ne posait jamais la moindre question sur elles.

Ainsi elle savait qu'il savait comment les choses allaient à la maison.

Et puis, fin août, un événement survint qui allait tout changer.

18.

Ce fut un mois d'août torride. La ville était écrasée sous la canicule. Les immeubles en béton étaient en apnée et les gens sur les balcons, sur les terrasses et dans les cours guettaient le moindre souffle salvateur qui viendrait rincer la sueur de toute cette chaleur. Bruna travaillait car il n'était pas question pour elle de prendre des congés sans Frane. Elle restait jusqu'à quatre heures dans des bureaux à moitié vides, que tout le monde avait désertés à la période du quinze août. Elle poussait la climatisation au maximum, baissait les stores pour faire de l'ombre et régularisait les acomptes trimestriels d'impôts de gens qu'elle ne connaîtrait jamais. Comme ça ne faisait pas beaucoup de travail, vers deux heures, elle allait se promener sur Internet et résolvait quelques sudokus. Puis à quatre heures moins le quart elle éteignait la climatisation, fermait à clé son bureau, activait le code de sécurité et rentrait chez elle.

Il en allait ce jour-là comme des autres. Elle arriva à la maison, se déshabilla, se doucha et enfila le jogging foncé qu'elle continuait à porter par bravade. Elle descendit à l'étage inférieur, chez Anka. Et elle la trouva. Elle était allongée sur le ventre, la tête bizarrement rejetée de côté. Son larynx produisait un curieux sifflement inhumain. Ça sentait le brûlé dans l'appartement, la cuisine était envahie de vapeur, d'une casserole où devait cuire un chou vert.

Bruna éteignit le feu sous le chou et appela les urgences. Puis elle essaya de soulever Anka, mais la vieille était trop lourde. Il fallut attendre que les secours s'en chargent. Ils l'installèrent sur un brancard, la portèrent jusqu'à l'ambulance, lui posèrent une sonde pour qu'elle respire. Et ils l'évacuèrent toutes sirènes hurlantes.

Bruna se retrouva seule dans l'appartement vide qui sentait le chou brûlé. Elle était au milieu de la cuisine d'Anka soudain irréellement silencieuse. Elle s'assit à la table et saisit le combiné du téléphone. Elle composa le numéro de Mirela. Elle savait qu'elle ne pouvait pas appeler Frane. Elle ne le pourrait que ce soir, quand il aurait terminé son quart et que le Panamax *Flora Star* voguant dans les eaux du Pacifique arriverait à proximité de Qingdao.

Troisième partie

19.

Frane ne retrouva Split que neuf jours plus tard. Il atterrit à l'aéroport un mardi de septembre au crépuscule, le ciel rougeoyait au-dessus de Čiovo. La nouvelle de l'attaque d'Anka lui était parvenue en mer Jaune, à trois jours de navigation de Qingdao. Il dut encore attendre un jour et demi dans le port chinois que l'agent de la compagnie règle ses documents de voyage. Quand il atterrit à Split, Anka avait déjà été raccompagnée chez elle – en fauteuil roulant.

Bruna vint le chercher en voiture et le conduisit à la maison. Elle l'aida à monter ses bagages, puis ils descendirent ensemble à l'étage inférieur. C'est alors que Frane la vit ainsi pour la première fois. Anka était assise dans son fauteuil d'invalide, les lèvres bizarrement affaissées de chaque côté. Elle fixa sur son fils et sa bru un regard trahissant sa peur. Elle tenta d'appeler Frane, mais c'en était fini de sa grosse voix tonitruante, ses cordes vocales n'émettaient plus qu'un nasillement difficilement compréhensible. Frane s'approcha d'elle dans son fauteuil, la prit dans ses bras et posa tendrement sa joue contre la sienne. Il ne pleura pas : Frane – Bruna le savait – ne pleure jamais, même quand il devrait.

Et pendant que Frane embrassait cette mère pour lui nouvelle et méconnaissable, Bruna se tenait dans l'embrasure de la porte de la cuisine, un sac dans chaque main, et regardait son mari au bord des larmes. Elle regardait Anka dans sa cuisine, dans la maison sur laquelle elle régnait jusqu'alors en souveraine. Anka n'était plus souveraine. Anka n'était plus apte à régner sur rien.

Car Mme Šarić avait été victime d'une attaque cérébrale. Une attaque soudaine et foudroyante. Elle avait frappé au niveau de l'artère cérébrale moyenne et dévasté le cortex moteur primaire. Anka se retrouva paralysée. Les trois premiers jours, elle fut incapable de parler. La parole était maintenant revenue, mais elle ne pouvait bouger ni le bras droit ni la jambe droite. Elle ne pouvait pas non plus marcher et il fallait lui tenir la cuillère pour qu'elle mange. Sa bouche pendait du fait de la paralysie du nerf facial, ce qui lui donnait un air difforme et malveillant. Dix jours plus tôt, Anka était encore forte, robuste, déterminée. Aujourd'hui elle était une femme blessée, brisée, l'ombre de sa force passée.

Ce soir-là, Bruna prépara des œufs, des pommes de terre et des blettes et servit le dîner dans la cuisine de sa belle-mère. Elle s'attacha à entretenir une forme de normalité, car elle savait que c'était ce dont Frane avait besoin. Elle mit la table, coupa des tranches de pancetta, éplucha des œufs durs, alla chercher du vin de l'oncle Davor dans la remise. Elle approcha le fauteuil d'Anka de la table, remplit son assiette de blettes et les coupa au couteau et à la fourchette. Ils s'assirent à table. Frane encourageait sa mère à parler, mais elle répondait le plus souvent par des phrases courtes, à peine compréhensibles. Puis Frane commença à raconter. Il décrivit son dernier voyage, les cohues à l'aéroport, le nouveau capitaine, comment un Philippin s'était pris un coup de couteau dans la salle des machines au cours d'une bagarre entre marins. Il parlait de tout et de n'importe quoi, Bruna avait l'impression que c'était seulement par peur que le silence s'installe.

Puis ils attaquèrent le dîner. Anka saisit la fourchette de la main gauche et la planta dans les blettes. Elle porta à ses lèvres une première bouchée, plus difficilement une deuxième. À la troisième, la main commença à trembler, et les blettes et les pommes de terre volèrent un peu partout. Bruna ramassa la nourriture au sol et observa Frane du coin de l'œil. Il avait l'air horrifié. On aurait dit un gastéropode à qui l'on a brutalement arraché sa coquille.

Ils déshabillèrent Anka et la lavèrent dans la baignoire. Ils la couchèrent dans son lit et la bordèrent. Puis ils rejoignirent leur étage. Les bagages de Frane étaient toujours là, attendant d'être défaits. Frane entreprit de ranger ses affaires et garda le silence durant tout ce temps. Bruna vit qu'elle ne pouvait pas percer ce voile, qu'elle ne pouvait pas l'atteindre.

Quand ils furent couchés, elle se lova contre lui. Après plusieurs mois de séparation, elle avait envie de lui. Mais Frane était loin, plus éloigné que jamais. Il se recroquevilla en position fœtale et planta son regard dans le mur près du lit. Elle effleura sa joue de sa main, mais il grommela seulement : « Demain il faut qu'on discute. Il faut qu'on voie ensemble. Nous et Mirela. Qu'on voie ce qu'on va faire. » Il dit cela et continua de fixer le mur, comme s'il s'apprêtait à veiller ainsi toute la nuit.

Bruna se tourna de son côté du lit et s'endormit rapidement, terrassée par la fatigue. Elle dormit d'un sommeil profond sans rêve.

20.

« Demain il faut qu'on discute », avait dit Frane ce soir-là. Et la conversation eut lieu le matin suivant : Mirela, Slavko et eux deux.

Ils se retrouvèrent dans leur appartement, à l'étage, s'installèrent dans la cuisine où ils ne mangeaient plus depuis longtemps. Bruna posa sur la table des gaufrettes et une brique de jus de pomme. Et Mirela, les diagnostics et les prescriptions médicales d'Anka. La liasse de papiers occupait le centre du plateau et leur rappelait pourquoi ils étaient là.

Mirela fut la première à parler. Elle dit qu'elle avait les mains liées. Qu'ils étaient obligés de rester à Zagreb à cause du travail, de la scolarité de leur fils. Que leur appartement était déjà trop petit pour eux trois. Ils pouvaient aider financièrement, dit-elle. Ils pouvaient venir de temps en temps. Ça, ils pouvaient, mais pas plus. Pendant qu'elle parlait, Slavko hochait de la tête en silence, affichant toujours la même loyauté obtuse.

— Maintenant, si tu me demandes, dit Mirela pour conclure, je crois que le mieux, ce serait une maison de santé.

Après quoi elle se tut, comme si elle attendait la réaction de Frane.

— Il n'est pas question d'une maison de santé, répliqua Frane.

Le ton était sec et tranchant, si intense qu'il surprit Bruna.

— Un hospice, jamais tant que je serai vivant.

— Réfléchis à deux fois, répondit Mirela. Toi et Bruna. Moi, je ne serai pas là. Mon boulot est en pleine restructuration, j'ai un licenciement qui me pend au nez, chez nous c'est le foutoir. Je n'aurai pas un jour de libre.

— Il n'est pas question d'une maison de santé, répéta Frane. Ma mère, ce n'est pas un truc cassé qu'on jette à la poubelle.

— Nous, on ne sera pas là, répéta Mirela. Ni moi, ni Slavko. Ne viens pas me dire après que je ne t'ai pas prévenu.

— Une maison de santé, c'est hors de question. Hors de question.

Frane répéta cela, et Bruna ne dit rien.

Quand Mirela et son mari furent partis, Bruna ramassa la vaisselle qu'elle déposa dans l'évier. Elle se taisait, mais Frane sentait chez elle un reproche informulé. Il hésita pendant un moment puis il finit par parler.

— Je ne peux pas, dit-il. De quoi ça aura l'air si on la met à l'hospice ? De quoi, nous, on aura l'air ? Tu imagines qu'on s'étale sur ces deux étages, dans cette maison qu'elle et papa nous ont laissée ? Ils m'ont élevé, ils m'ont éduqué, ils ont construit cette maison pour qu'on ait un toit sur la tête. Et maintenant qu'un malheur nous tombe dessus, on la jetterait comme ça à la décharge, on la mettrait avec les dingues et les gâteux ? Je ne peux pas, répéta-t-il. Je ne pourrais jamais vivre avec une honte pareille.

Bruna l'écouta. Elle l'écouta et ne répondit pas. Parce qu'elle savait qu'à sa place elle aurait dit la même chose. Elle aurait fait pareil avec sa mère, elle se serait opposée avec les mêmes mots si on l'avait jetée hors de chez elle. Tout cela, Bruna le savait, mais elle savait encore autre chose. Elle savait que maintenant il y aurait une longue thérapie, des cures thermales, des médicaments, des pommades. Elle savait que l'argent filerait vite. Et une fois l'argent disparu, il faudrait que Frane reparte en mer. Et quand cela arriverait, il n'y aurait plus personne, ni Mirela et son mari, ni Frane et son honneur immaculé. Il ne resterait qu'elles deux, deux femmes dans cette grande maison vide.

Elle pensait à cela en lavant les assiettes. Le filet d'eau emportait l'écume dans le bac, dans la bonde, dans le circuit des canalisations. Elle écoutait le bruit de l'eau et essayait de garder une contenance.

21.

Cette soirée lui revient en mémoire presque chaque jour. Ça la prend aux alentours de deux heures, quand le déjeuner à la prison s'achève et qu'elle se retrouve face à une montagne d'assiettes sales et grasses. Bruna attrape alors la douchette de l'évier, ouvre le robinet et entreprend de les laver, une par une. Elle regarde le jet d'eau emporter dans la bonde les restes de goulasch, de purée, de haricots verts ou de petits pois. Le soir où elle avait lavé les assiettes dans la cuisine à Kman, elle avait écouté le monologue de Frane et s'était tue.

Et quand elle se souvient de cette soirée, Bruna le sait : elle a eu sa chance. Elle a eu l'occasion de dire non. Elle aurait pu fermer le robinet, se retourner, fixer Frane dans les yeux et lui dire : « Ça, je ne peux pas. C'est trop pour moi. » Mais ce soir-là, quand elle aurait pu, elle ne l'a pas fait. Dans tout ce qui était arrivé jusque-là et dans tout ce qui allait suivre, voilà sa seule faute à elle. Ce soir où elle aurait pu dire, elle n'a rien dit.

Au lieu de cela, elle avait lavé placidement la vaisselle et sans un mot était allée s'allonger sur le canapé près de Frane. Ensemble ils avaient regardé un film à la télévision. Vers minuit elle était descendue voir la malade, laquelle dormait paisiblement et émettait en rythme un petit chuintement surnaturel. Puis Bruna avait pris une douche et était allée se coucher. Frane l'avait suivie et avait posé une main sur sa jambe. Elle avait pris sa main et l'avait guidée entre ses cuisses. Elle s'était tournée vers lui, avait cherché ses lèvres et l'avait attiré en elle.

22.

Ainsi la vie avec la malade commença. Au début, ce ne fut pas si terrible. Bruna devenait soudain la maîtresse de cette double maison compliquée. Elle nettoyait la cour, cuisinait, instaurait ses règles et son ordre à elle. Ils s'occupaient ensemble de la vieille femme, ils la lavaient, l'habillaient, l'installaient dans son fauteuil et l'aidaient à s'alimenter. Anka recouvrait l'usage de la parole et s'habituait à manger de la main gauche. Même son caractère semblait s'améliorer : elle endurait son infirmité avec patience et, en présence de Frane, réagissait avec placidité aux soins prodigués. Elle ne faisait plus de reproche à Bruna, laquelle avait cessé d'éprouver à son égard cette haine sourde, à peine retenue. Ils prenaient soin ensemble d'Anka et il y avait là quelque chose de poisseux, de doucereusement vénéneux, qui flattait l'orgueil de Bruna. Elle sentait que Frane lui était reconnaissant. Son regard sur elle était aussi chaleureux qu'aux premiers jours de leur mariage, mais avec en plus quelque chose de différent, une sorte de respect apaisé, comme si, du fait de tout ce qu'ils traversaient, ils n'étaient plus seulement amants, mais également amis et alliés.

Cela dura ainsi quelques mois. Puis arriva ce qui devait arriver. L'argent se mit à manquer.

Ce fut la récession. Au bureau de Bruna, il y eut une réduction du personnel et les salaires furent amputés de vingt pour cent. L'argent que Mirela envoyait filait dans les traitements et les cures. Au milieu de l'automne, leur compte en banque était dans le rouge. Frane dut appeler son agent. Vint le moment où il lui fallut repartir en mer.

C'était la crise et il eut du mal à trouver un navire. Il n'hésita donc pas bien longtemps quand son agent lui dégotta une mission, même si le bâtiment était vétuste et la route, longue et difficile. Il devait embarquer après le Nouvel An dans le port de Djibouti, sur un vraquier baptisé *Jessica*, sous pavillon libérien. Puis c'était un périple de huit mois qui passait par Mombasa, Durban, Conakry, Bissau, Banjul, puis la traversée de l'Atlantique, jusqu'au fleuve Saint-Laurent. Ils devaient transporter des munitions et du blé de la Corne de l'Afrique au golfe de Guinée, du ciment, de l'uranium et de la bauxite de Durban jusqu'au Canada. Frane savait que rien ne lui serait épargné pendant huit mois : ni la chaleur, ni la malaria, ni les passagers clandestins, ni même probablement les pirates. Fais gaffe, lui avait dit son agent, c'est l'Afrique. Là-bas, il n'y a pas de *convenient port* sur la route. Une fois embarqué sur le *Jessica*, c'est terminé. Pas moyen de descendre jusqu'à l'arrivée au Canada.

Frane quitta Split pour l'Afrique le 1er janvier. Le soir de la Saint-Sylvestre, Bruna et Frane attendirent minuit chez Anka. À l'heure pile, l'animateur à la télévision leva son verre de mousseux au milieu de danseuses débridées et souhaita à la nation une heureuse année 2008. Frane se pencha et embrassa la vieille femme, et Bruna posa ses lèvres sur la joue froide en réprimant son déplaisir. Puis ils sortirent tous deux sur le perron. Ils allumèrent une bougie magique et s'embrassèrent. Ils couchèrent la vieille dans son lit, se retirèrent à l'étage et firent l'amour longuement et minutieusement.

Le lendemain soir, Frane s'envola pour Djibouti, via Zagreb et Orly. Bruna l'accompagna à l'aéroport. Quand Frane embarqua, elle monta sur la terrasse panoramique. La nuit était glaciale, si bien qu'elle était pratiquement seule sur la terrasse. Elle entendit tourner les turbines et regarda l'Airbus lourd et bombé s'arracher à la piste. Elle le suivit des yeux lorsqu'il s'éleva dans les airs et perça de ses feux le ciel au-dessus de la ville. Quand l'avion ne fut plus qu'un point de lumière froide, elle rejoignit sa voiture et se dirigea vers la ville. Elle se gara à Kman devant la maison parée de décorations de Noël, de lampions et de guirlandes scintillantes. Elle ouvrit la porte de son appartement. Il y faisait froid, alors elle remonta le chauffage. Puis elle descendit à l'étage inférieur pour vérifier si Anka allait bien. Désormais son unique et silencieuse colocataire.

23.

Tous les soirs, quand la journée touchait à sa fin, Bruna ouvrait la fenêtre de la chambre du deuxième étage. De sorte que l'air glacé de l'hiver pénètre dans la pièce, darde les draps et imprime dans les oreillers l'odeur de frais de la bora. Elle respirait à pleins poumons le froid apaisant et contemplait le panorama qui s'offrait à elle.

Dans la journée, la vue depuis la fenêtre était laide, donnant sur les grues des chantiers navals, les silos abandonnés dans la zone industrielle en déroute, les bateaux en cale sèche dans le port de marchandises, le bout de la baie du côté de la cimenterie et du chantier de déconstruction, où la mer, même aux plus beaux jours, était d'une couleur de rouille repoussante. La nuit, dans le noir, ce paysage de laideur se transformait en un tableau éblouissant. Bruna contemplait les larges cascades de lumière tombant des baies des gratte-ciel, les points colorés des autos qui passaient et les phares au sommet des grues de chantier. Elle contemplait ce spectacle étincelant, trépidant, à l'écoute des vies parallèles se déroulant à ses pieds : la rumeur des voitures, le son des téléviseurs, le fracas de la ferraille dans le port, le grincement des locomotives de manœuvre dans la gare de triage. Des milliers de gens qui étaient couchés en dessous d'elle, sur la carte d'une ville nocturne qu'elle seule voyait, semblables à de minuscules insectes dans un terrarium grandiose. Des milliers de destins, certains heureux, d'autres malheureux, chacun suivant son cours, s'entremêlaient sous ses yeux dans la loge de son théâtre nocturne.

Tous les soirs, Bruna ouvrait grandes les fenêtres et regardait, le visage impassible, totalement tranquille, ce spectacle immense et vibrionnant. Elle contemplait la vie des autres gens et pensait à celle qu'elle-même menait. Ce n'était pas la vie qu'elle avait planifiée.

Anka était devenue le contenu de sa vie, le point où tout commençait et tout finissait. Tôt le matin, elle devait descendre allumer le chauffage et préparer le petit déjeuner. Puis, avec bien des difficultés, elle la levait de son lit et la portait à bout de bras jusqu'à la salle de bains. Elle la lavait, passait l'éponge dans son cou, sous ses aisselles, sur son visage, son entrejambe. Elle l'installait à la table de la salle de séjour et déposait de l'argent sur la table pour l'infirmière avant de partir au travail.

L'infirmière arrivait vers neuf heures. Il était convenu qu'elle prenne la clé de la maison dans un pot de géraniums. Elle faisait chauffer un verre de lait et épluchait une pomme pour Anka en guise de collation. Elle pratiquait quelques séries d'exercices avec la vieille femme et lui faisait faire un tour dans la cour à l'aide du déambulateur. À onze heures, la soignante installait Anka dans son fauteuil, prenait les trois cents kunas sur la table, fermait la maison et déposait la clé dans les géraniums. Bruna rentrait du travail à quatre heures passées. Elle faisait chauffer le déjeuner, mettait la table et disposait devant Anka une assiette avec de la viande ou du poisson coupé en petits morceaux. Elle s'attachait à ce qu'Anka mange seule, si bien que le déjeuner durait un moment. La vieille femme plantait sa fourchette dans une patate à l'eau ou un bout de bœuf et lentement, avec persévérance, portait la fourchette à ses lèvres. Première bouchée, deuxième, cinquième, dixième. Bouchée après bouchée, seconde après seconde, le déjeuner épique allait vers son terme. Et pendant qu'Anka luttait avec sa pitance, Bruna lavait le reste de la vaisselle et regardait dehors les après-midi écourtés s'assombrir. Puis elle s'attaquait à la préparation du déjeuner du lendemain. Elle faisait dorer un oignon, émincait une gousse d'ail, coupait une carotte et une pomme de terre. Elle faisait revenir le tout dans l'huile, remplissait la pièce de l'odeur tenace d'une cuisine lourde et grasse. Aux alentours de sept heures, le déjeuner du lendemain était prêt. Elle donnait alors à Anka un yaourt pour le dîner, la saluait et montait à son étage.

Avant de se coucher, elle devait encore une fois aller voir Anka. Elle descendait vers dix heures, conduisait la vieille femme à la salle de bains, la lavait sous les bras, lavait son visage, son cou, puis l'installait dans son lit. Il y avait au moins une chose de bien : Anka s'endormait immédiatement, d'un sommeil lourd et sans rêve.

Alors, une fois que tout était terminé, Bruna remontait à son étage. Sa journée à elle commençait à peine et elle ne voulait pas la dilapider en sombrant dans le sommeil, même si elle était recrue de fatigue. Elle évitait le bercement de la télévision. Elle ouvrait la fenêtre, laissait l'air glacé pénétrer dans la pièce, respirait à pleins poumons le froid apaisant. Elle contemplait son théâtre – le théâtre de vies meilleures, de vies étrangères. Elle contemplait et profitait du peu du jour qui lui restait.

24.

Un peu plus d'une semaine après le départ de Frane, Bruna rendit visite à sa mère. C'était une journée agréable et elle décida de marcher jusqu'à son ancien quartier, profitant de chaque instant qu'elle ne passait pas à la maison. Elle traversa le centre-ville engourdi dans la somnolence de l'hiver. Dans une confiserie elle acheta des pralinés à la liqueur et à la caroube, et chez un fleuriste du quartier un bouquet de glaïeuls pompeux à souhait comme les aimait sa mère. Elle entra dans le hall de l'immeuble où elle avait grandi un peu avant dix heures. L'ascenseur ne fonctionnait pas et elle monta à pied les trois étages.

Elle grimpa jusque chez sa mère en passant par l'escalier qu'elle ne connaissait que trop bien. Son regard glissa sur le design intérieur, quintessence de la fin des années soixante : les rampes en plastique noir brillant, le sol en terrazzo, l'imposte vitrée des paliers intermédiaires, les coffrets électriques avec le logo en cyrillique d'une entreprise de Serbie. Les alignements de boîtes aux lettres et les noms inscrits au feutre noir. Elle observa ces murs familiers, repeints une fois au moins par quelqu'un depuis qu'elle s'était mariée, mais déjà balafrés par des graffitis et des conduites encastrées, comme le système sanguin d'un parasite tout-puissant qu'on ne peut réprimer qu'un temps. Parvenue au troisième étage, elle passa en revue la série de portes en mélaminé bleu. Y figuraient les noms des habitants, les mêmes noms, les mêmes voisins que dans sa jeunesse : Dadić, Marić, Žunić, Jukić, Žaja. Les lettres étaient décalquées, indice de l'époque où ils étaient arrivés. Ils vivaient là, les uns près des autres, voisins depuis l'ère socialiste. Ils avaient travaillé dans les mêmes usines aujourd'hui liquidées. Ils avaient emménagé ensemble dans ces immeubles neufs, dans ces appartements dont leur avait fait don leur entreprise quand ils étaient encore jeunes. Ils vivaient dans le même bâtiment depuis des décennies. Ils avaient été témoins des râles ultimes de leur usine, avaient élevé leurs enfants, tous adultes aujourd'hui. Les enfants étaient partis, et eux continuaient de vivre ensemble, ils mouraient les uns après les autres et s'accompagnaient de l'autre côté, reliques d'un passé depuis longtemps disparu. Rien que d'y penser, face au mélaminé, aux lettres décalquées et au sol carrelé, Bruna se sentait touchée.

Sa mère aimait dormir tard, Bruna craignait donc de la surprendre avant le café du matin. Curieusement,

Divna était déjà réveillée, habillée et parfumée. Elle l'embrassa à la porte et la fit entrer. Dans la chambre à coucher, Bruna entrevit une valise ouverte. Divna se préparait à partir quelque part.

Elle connaissait les phases d'euphorie de sa mère, ces périodes où elle découvrait à nouveau *il grande amore* avec des envolées dérisoires dignes des feuilletons télévisés mexicains. On était dans cette phase-là. Divna contenait à peine son exaltation. Elle était vêtue avec une note d'élégance, portait un ample pull-over pastel. Une bouteille intacte de liqueur de mandarine était posée sur le buffet et un bouquet grandiose de jacinthes se dressait sur la table. Elle a quelqu'un, pensa Bruna, et quelqu'un qui aime fanfaronner.

Elle n'a pas changé, pensa Bruna. Elle défile comme une star de cinéma, elle prend du monde et de la vie ce qui lui plaît. Elle n'avait pas beaucoup d'argent, tout juste de quoi tenir jusqu'au premier du mois, mais ça ne l'empêchait pas de tirer de l'existence tout son suc. Elle se levait à neuf heures et s'octroyait de longues matinées en chemise de nuit, confortablement installée sur le canapé, accompagnée d'un expresso. Elle allait fêter le Nouvel An dans un hôtel. L'été, elle passait ses après-midi à se tortiller au soleil sur une serviette à la piscine du club de water-polo. Elle rentrait de la baignade bronzée, la peau poudrée d'une délicate couche de sel. Elle jetait dans une casserole le contenu d'un sachet instantané de velouté aux asperges qu'elle mettait à bouillir puis fourrait un bol de soupe brûlante entre les mains de Bruna. Une soupe ingurgitée sur le canapé face à la télévision, à l'heure du tirage du loto, dans une ville rongée par la canicule : voilà à quoi ressemblait leur famille.

Les hommes de Divna entraient comme ils sortaient de la vie de Bruna, qui les distinguait moins par leur prénom ou leur visage que par l'habitacle bleu, vert ou gris de leur voiture typique de la classe moyenne. Elle voyait du haut de son balcon des Golf, des Peugeot ou des Suzuki venir avaler sa mère en fin d'après-midi puis revenir la régurgiter de leurs entrailles de tôle. Ce fut toujours ainsi : un homme, une voiture, bleue ou grise, jamais trop chère, jamais trop cheap.

Elle doit avoir à nouveau quelqu'un en ce moment, pensa Bruna. Ce qui explique la coupe de cheveux. Et la bouteille de liqueur de mandarine, les jacinthes.

Elles s'assirent. Sa mère déboucha la bouteille intacte de mandarine – comme si elle n'attendait que cela. Elle leur servit un petit verre et le parfum sucré de l'alcool envahit la pièce. « Quoi de neuf? » demanda-t-elle, et Bruna eut l'impression que la question avait été posée sans vraiment d'intérêt. « Comment va Anka ? »

Bruna garda le silence. Elle regarda sa mère siroter sa mandarine et se demanda si elle devait lui dire la vérité. Lui dire que la vieille avait des escarres dues à son fauteuil d'invalide. Qu'elle puait en permanence une sueur aigre sous les aisselles. Qu'elle était très lourde, qu'elle avait beaucoup de mal à la lever pour la conduire sous la douche. Et que peut-être, quelquefois, un coup de main serait bienvenu. Bruna y pensa mais ne dit rien. Divna était heureuse. Cela aurait été dommage de lui gâter son bonheur.

— Tu pars en voyage, dit Bruna. Je vois que tu fais tes valises.

— J'ai rencontré quelqu'un, répondit Divna.

— Qui n'est pas de Split ?

— Qui n'est pas de Croatie.

Il s'appelait Massimo, dit Divna. Il était d'Italie. Un marchand de matériel de pêche. Elle l'avait connue quelques mois plus tôt dans la marina. Elle était sortie boire un café avec Grozdana, lui était attablé dans le restaurant de poisson avec d'autres personnes. Il était venu pour le week-end faire de la voile. Quelques mots échangés comme ça – et puis voilà. « On se voit depuis quelque temps. »

— Tu vas lui rendre visite ? demanda Bruna.

— Il m'a invitée chez lui, répondit-elle. Il habite une petite ville du côté de Turin, qui s'appelle Biella. Je pars demain, pour une semaine.

Elles terminèrent leur verre. Puis Bruna s'en alla. Elle se leva, enfila son manteau. Elles s'embrassèrent à la porte. Elle prit l'escalier et jeta encore une fois un coup d'œil au musée du socialisme qui lui avait paru si touchant un instant plus tôt. Toute cette peine, pensa-t-elle, tout ça pour finir à Biella.

Elle n'avait pas envie de rentrer. Elle voulait retarder le moment du retour, alors elle alla se promener sur le bord de mer, pour profiter de l'air frisquet. Puis elle prit le chemin de la maison, aida Anka à se laver, s'occupa du déjeuner. Elle grilla deux maquereaux et mit une botte de chicorée à braiser. Pendant que les feuilles vertes cuisaient dans la casserole, elle pensa à Divna. Elle pensa à sa mère pourvue d'une valise Burberry toute neuve, en train d'y entasser ses frusques préférées, un roman de Donna Leon et une énorme trousse de toilette, elle se préparait à partir pour une ville quelque part dans les Préalpes, du côté du Turin, telle une adolescente en quête d'aventure, pour y assouvir une passion nouvelle. Pendant qu'elle végétait ici à attendre des jours meilleurs, Divna revivait encore et encore ses télénovellas. Elle partait là-bas, à Biella, où l'attendait un marchand d'hameçons et de fusils harpons, un homme seul de quarante-huit ans rencontré dans un restaurant de poisson.

Pendant que les feuilles de chicorée ondulaient dans l'eau frémissante, Bruna contemplait la casserole et l'eau qui verdissait. Elle avait le regard rivé sur le légume en train de brunir, sur la vapeur qui grimpait au plafond. Seul le bouillonnement de l'eau venait remplir le silence et Bruna comprenait tout d'un coup, pour la première fois de sa vie, qu'elle enviait sa mère, qu'elle l'enviait pour de vrai et totalement.

Massimo, pensa-t-elle. Bienvenue dans notre vie.

25.

Elle lui fit bientôt signe. Elle lui envoya par e-mail un dossier avec des images de sa nouvelle idylle.

Un type trapu, musclé, plutôt petit, taille fine, plastronnait sur les photos. Il avait la constitution d'un lutteur, des cheveux bruns en broussaille, des dents incroyablement blanches. Sur le premier cliché, sa mère et lui étaient installés sur une terrasse, des cocktails posés devant eux sur une table basse. Malgré le ciel gris de février, Divna était assise sur une chaise longue, des feuilles de menthe flottaient dans son verre.

La photo suivante montrait l'immeuble de la terrasse. C'était un petit bâtiment de trois étages, visiblement situé dans un beau quartier. Des Audi, des Passat, des Lancia couleur sombre conservateur étaient garées dans l'allée mitoyenne. L'immeuble lui-même était de couleur brique, flanqué sur chaque côté de grandes terrasses. Massimo et Divna s'étaient fait photographier tout sourire, main dans la main. On aurait dit un jeune couple qui vient d'acquérir son premier logement.

Il y avait aussi dans le dossier une série de photographies de Biella. C'était une cité belle et verdoyante, mais avec un brin de mélancolie préalpine, comme un lieu où l'on se meurt délicatement, tranquillement. On distinguait en arrière-plan sur certains clichés le sommet dramatique de montagnes. Sur l'un d'eux, Divna avait encerclé d'un trait un pic au loin. *C'est le Monte Bianco!* écrivait-elle extasiée.

La photo suivante montrait le magasin de Massimo. Lui-même se tenait derrière un comptoir portant l'inscription *Articoli per la pesca – Attrezzatura subacquea.* Il affichait le même sourire égal, au milieu du paradis des amateurs de pêche : autour de lui, des hameçons, des lignes, des esches, des appâts, des épuisettes, des nasses, des fusils à harpon, des bouées, des pare-battage et des chaises pliantes.

Et puis il y avait des photos privées de Massimo. Massimo en canot pneumatique, Massimo avec un canthère et un mérou sur le rivage à Lastovo, Massimo faisant du ski dans les Dolomites.

Voilà un homme qui profite à plein de la vie. C'est une période excitante qui attend Divna, pensa Bruna.

Massimo est merveilleux, écrivait Divna. *Je lui ai parlé de toi. Il est pressé de te connaître.*

À l'écran, dans un coin du message, sa mère souriait, arborant l'expression figée d'un bonheur éternel et sans nuage. Bruna referma le dossier et éteignit l'ordinateur. Il était déjà tard. Elle devait aller changer Anka, puis se coucher – car elle, demain, c'est son travail et Anka qui l'attendaient, une nouvelle journée, la même qu'aujourd'hui, la même qu'hier.

26.

Un samedi du mois de mars, Bruna décida de mettre de l'ordre dans la remise du jardin. Le vent soufflait du sud, c'était une journée grise, les nuages s'amoncelaient au-dessus des montagnes à l'est de la ville. Elle savait qu'il pleuvrait dans l'après-midi, elle avait donc quelques heures devant elle pour mener à bien sa mission.

Depuis des mois, le bureau constituait le seul refuge de Bruna. Huit heures passées à son travail équivalaient à huit heures d'échappatoire, et les week-ends la remplissaient d'angoisse. Alors, les samedis, elle se réveillait, allait apprêter Anka, puis elle s'esquivait dans la cour ou dans le cellier et s'inventait des tâches. Elle passait le balai, lavait la voiture, frottait les dalles de pierre et grattait les joints, en sachant qu'elle avait dans son dos le regard approbatif de sa belle-mère. Anka n'était amadouable que par le travail : un travail incessant, palpable et perceptible par elle. Anka ne laissait Bruna en paix que si elle voyait qu'elle faisait quelque chose de *réel*.

Ainsi ce samedi Bruna décida de s'offrir deux heures de tranquillité et d'accomplir quelque chose de *réel*. Quand elle eut fini de laver la pierre de la cour et de passer le balai pour évacuer l'eau trouble, elle ouvrit la remise, ayant dans l'idée de la vider, de la nettoyer et de la ranger. Alors que le ciel de pluie se fronçait au-dessus de Split, elle sortit de la remise le vieux vélo de Frane, les outils de jardin, des sacs d'humus et un tas de câbles électriques. Après quoi elle accéda aux étagères du fond, où s'accumulaient des vieux produits chimiques. Des flacons et des boîtes en fer étaient alignés sur la planche en bois devant elle, des diluants, des joints de carrelage, de la peinture. Elle prit les pots un par un dans ses mains, les ouvrit, les sentit et vérifia la date limite d'utilisation. Les pots de peinture étaient pour la plupart périmés, ils ne contenaient plus que de la poudre durcie. Au milieu de tous les diluants, elle en trouva un qui était encore correct et le remit en place. Tout le reste, elle le fourra dans un grand sac-poubelle noir.

Puis elle prit sur l'étagère la dernière boîte en fer. Elle l'ouvrit et sentit ce qu'il y avait à l'intérieur. C'était une poudre grisâtre avec une odeur forte de colle et d'ail. Elle jeta un coup d'œil à l'étiquette. Il y était écrit Bromadiolone, et sous le nom du produit était dessinée la silhouette d'une souris ou d'un rat. C'était un poison. De la mort-aux-rats. Quelqu'un avait acheté cela (peut-être Frane) à un moment donné (peut-être il y avait très longtemps) pour éradiquer les rongeurs dans la cour. Il l'avait acheté, l'avait utilisé en partie et laissé le reste pourrir pendant des années sur cette étagère.

Bruna referma la boîte en fer. Elle pensa jeter le poison dans le sac-poubelle noir, avec le reste des produits chimiques au rebut. Mais elle ne le fit pas. Au lieu de cela, elle referma hermétiquement le raticide, entra dans la maison et le rangea dans le placard sous l'évier. Puis elle retourna dans la cour et se remit au nettoyage.

Lors des longues soirées passées à fixer le plafond de sa cellule ou à observer le néon qui clignote, Bruna pense à ce samedi matin. Elle ferme les yeux et elle se voit. Elle se voit d'en haut, comme en surplomb, en train d'ouvrir la boîte de mort-aux-rats, la renifler et lire les mentions sur l'étiquette. Refermer la boîte, l'emporter dans la maison et la ranger innocemment sous la pile.

Ce matin-là, Bruna ne savait pas ce qu'elle faisait. Aujourd'hui elle sait. Cette manière de faire, c'était le point de départ du meurtre.

Il y a quelques mois, Bruna a suivi à la cantine un documentaire sur les pseudosciences. Un des intervenants était un professeur danois, avec une raie bien dessinée sur le côté. Pendant que les autres détenues commentaient à voix haute une partie d'échecs, Bruna regardait et écoutait sans trembler ce Danois singulier. Aujourd'hui nous savons que le libre arbitre n'existe pas, disait-il. Il n'y a pas un homoncule dans notre cortex cérébral qui nous dicte ce que nous allons faire. Nous commençons par faire quelque chose, et c'est ensuite – une minuscule fraction de seconde plus tard – que notre volonté apprend que ce que nous avons fait relève de notre volonté.

Pendant que les détenues se chamaillaient autour de la prise d'un fou, Bruna avait les yeux rivés sur la télévision, elle regardait ce professeur bien peigné et une scène, une seule, tournait en boucle dans sa tête : elle se voyait en train de revisser le couvercle du poison, traverser la cour avec la boîte, traverser la véranda, passer la porte d'entrée, entrer dans la cuisine. Elle ouvre le placard sous l'évier, range le poison derrière, au fond de l'étagère.

Elle le sait maintenant : c'est ce matin-là qu'elle a décidé d'empoisonner Anka Šarić. Elle l'a décidé, quand bien même elle l'ignorait encore. Il n'y avait aucun être minuscule dans sa boîte crânienne qui le savait, qui avait donné sens à cela, qui avait donné tâche à ses muscles. Sa raison ne le savait pas : mais ses muscles, ses veines, ses synapses, ses ganglions, sa moelle épinière, ses nerfs savaient ce matin-là ce qu'aucun homoncule ne savait encore. Ils savaient ce qui allait suivre, ils savaient qu'elle empoisonnerait la vieille.

Il se mit à pleuvoir aux alentours de midi. Les premières gouttes de pluie, grosses et tièdes, commencèrent à tomber sur le dallage de pierre dans la cour. Bruna alla déposer dans la benne à l'extérieur les sacs-poubelle renflés, rangea le vélo de Frane et ferma la remise. Le temps avait viré à l'averse quand elle entra chez Anka. Elle ôta sa veste et ses chaussures mouillées et alla jusqu'à la cuisinière pour préparer la sauce pour les pâtes. Elle ouvrit une boîte de tomates pelées et cisela de l'ail. À ses pieds, dans le placard sous l'évier, la bromadiolone se tenait immobile, perfide, attendant tranquillement le moment d'être utilisée. Un mètre plus haut, Bruna ciselait de l'ail, inconsciente que sa décision était déjà prise.

27.

Frane devait rentrer le 13 mai. Chaque jour, Bruna avançait d'un cran la pastille sur le calendrier et la voyait s'approcher, de case en case, du chiffre treize. Le petit aimant rouge quadrangulaire glissait sur le papier, rampait vers sa destination. La vie de Bruna progressait sur le papier glacé, ligne après ligne, avec une photo des Alpes pour décor.

Et vint ce 13 mai. Bruna prit la voiture, se rendit à l'aéroport et attendit Frane aux arrivées. Frane passa la porte vitrée du terminal et, dès qu'elle le vit, Bruna sut que les choses ne s'étaient pas bien passées. Frane revenait toujours amaigri de ses périples. Mais cette fois-ci, il n'était pas seulement plus maigre. Il était plus vieux, il avait les yeux caves, et elle remarqua des premiers cheveux grisonnants autour des oreilles. Il ressemblait à la photo de son père dans l'ovale en céramique sur sa tombe. Sauf qu'il y avait de la vivacité et de la limpidité dans le regard de son défunt père. Celui de Frane était seulement fatigué et morne.

Quand ils arrivèrent à la maison, Frane serra sa mère dans ses bras puis, comme toujours, ils prirent le repas ensemble. Après qu'ils eurent lavé et couché dans son lit la vieille femme, ils se retirèrent à l'étage supérieur, à leur étage. Durant tout ce temps, Bruna observa ce nouvel homme sec qu'elle avait face à elle, un homme au regard fatigué derrière des cernes sombres. Elle attendait qu'ils soient seuls, qu'après tous ces mois elle puisse enfin épancher ses peines. Au lieu de cela, c'est Frane qui commença à se lamenter.

Quand il était arrivé à Djibouti, dit-il, les choses étaient tout de suite allées de travers. Il avait inspecté le bateau dans le port et il avait pris peur. Le *Jessica* était un vieux vraquier déglingué. La machinerie était vétuste, mal entretenue, les appareils de mesure étaient hors d'usage, la structure était rouillée, la cale et les sentines étaient pleines de rats. En route, tout était tombé en rade : les ventilateurs, le chauffage central, le pilote automatique. À Banjul, quatre membres de l'équipage avaient chopé la malaria. À Conakry, l'armateur les avait abandonnés avec ses dettes et les autorités portuaires refusaient qu'ils appareillent. C'est le syndicat guinéen des marins qui les avait nourris pendant neuf jours, et le neuvième jour les autorités les avaient expulsés vers un poste d'amarrage à l'extérieur du port. Là-bas ils avaient subi une tempête tropicale et avaient fini privés d'électricité. Mi-mars, il avait voulu filer mais son agent lui avait dit qu'il ne retrouverait pas un autre navire s'il ne conduisait pas le *Jessica* au Canada. Alors il avait traversé l'Atlantique sur ce bateau qui grinçait sous l'assaut des vagues. Lorsqu'ils avaient atteint Sept-Îles, il avait appelé son agent et avait demandé à rentrer par le premier avion. Je n'en peux plus, avait-il hurlé, je ne tiendrai pas un jour de plus sur ce rafiot. L'agent l'avait calmé. Il lui avait promis un billet d'avion et un break de quinze jours. Mais après ça il faudra que tu y retournes, lui avait-il dit. Après ça, il faut que tu conduises le *Jessica* jusque dans le Pacifique.

— C'est comme ça, dit Frane. Je suis là pour deux semaines. Après quoi je repars pour Toronto, via Francfort.

Bruna ne dit rien. Elle se contenta de respirer l'odeur de sa peau et elle le laissa frissonner entre ses bras. Il s'endormit rapidement, terrassé par le jet-lag.

Il repartit début juin. La haute saison avait démarré et l'aéroport était bondé, il y faisait chaud, c'était plein de cars et de touristes qui portaient les badges de leurs agences à la boutonnière. Elle le conduisit en voiture et le laissa à l'endroit habituel, avant le portique du contrôle de police. Mais, cette fois-ci, elle n'attendit pas. Elle ne l'accompagna pas du regard tandis qu'il retirait sa ceinture et ses bottes, elle ne monta pas sur la terrasse pour voir son avion fendre le ciel en deux. Elle rejoignit immédiatement sa voiture et rentra à la maison – rapidement, sans détour, sans se perdre en désespoir ou en cogitation.

À la fin de l'après-midi, elle se mit à la cuisine. Il faisait chaud. Dans le séjour, Anka regardait à la télévision une sitcom quelconque avec le son trop fort. Pendant que les rires enregistrés fusaient de la pièce voisine, Bruna mit des courgettes à braiser dans une casserole avec de l'huile d'olive. Quand elles furent translucides, elle les arrosa de vin blanc et baissa le gaz. Elle les laissa cuire jusqu'à ce qu'elles aient bien ramolli, elle ajouta le riz et couvrit d'eau. Elle remua longtemps, penchée au-dessus du fourneau. La vapeur lui piquait le visage et lui mangeait les yeux. Elle remua le riz jusqu'à ce qu'il soit parfaitement al dente, ni trop mou, ni trop dur. Elle ajouta alors une noisette de beurre et retira le risotto du feu. Elle tendit le bras dans le placard pour attraper le parmesan. Et dans le placard il y avait la bromadiolone. Elle attendait là en toute ingénuité, posée sur l'étagère du bas, une boîte en fer parmi d'autres, innocente et banale, indétectable.

Elle prit deux assiettes dans le buffet et les posa sur le plan de travail, saisit la louche et servit le risotto, deux boules parfaitement égales. Puis elle ajouta le parmesan. Après quoi elle attrapa la bromadiolone dont elle parsema une des deux boules. Elle mélangea avec soin. Le parmesan et le poison disparurent dans la mixture chaude et gluante sans laisser de trace. Les deux assiettes étaient à nouveau parfaitement et macabrement identiques. Seule celle d'Anka sentait un peu l'ail, rien qu'un tout petit peu.

Elle disposa les assiettes à table, une à sa place, l'autre face à la chaise d'Anka. « Madame Anka, le dîner ! » cria-t-elle.

Dans la pièce voisine, la télévision se tut et l'on entendit le cliquetis métallique du fauteuil roulant.

Elles s'assirent, chacune de son côté de la table, et commencèrent à manger.

Quatrième partie

28.

Aujourd'hui comme chaque jour, Bruna se lève à l'aube. À l'heure où le soleil pâle du printemps s'apprête à émerger au milieu de la rangée d'arbres, Bruna se penche au-dessus du lavabo, elle tend les mains vers l'eau froide, se lave le visage, le front et sous les bras. Elle enfile la blouse de la prison, attache ses cheveux avec un élastique et sort de sa cellule. Elle s'engage dans le couloir en direction de la cuisine.

Là, dans la cuisine, la journée commence toujours par le même rituel. À la porte elle salue Vlatka. Vide la machine de la veille. Ouvre une conserve de confiture. Laisse Mejra aller fumer sa première cigarette puis descend dans la cour avec elle pour récupérer le pain. Quand le petit déjeuner est prêt, elle commence à préparer le déjeuner. Elle émince des oignons rouges, ils sont particulièrement forts ce matin, ils piquent les yeux et lui tirent des larmes. Tout est pareil – exactement comme toujours, comme chaque jour ordinaire. Sauf qu'aujourd'hui n'est pas un jour ordinaire.

C'est le premier samedi du mois. Et le premier samedi du mois est le jour où sa mère, scrupuleusement, immanquablement, comme à la suite d'un vœu fastidieux, vient la voir à Požega. Bruna le sait : sa mère viendra aujourd'hui encore. Elle arrivera comme chaque fois aux alentours de trois heures, par l'express de Posavina, via Zagreb et Slavonski Brod. Vers trois heures et quart, elle se présentera à l'entrée où elle laissera ses papiers d'identité et son sac. Aux alentours de trois heures et demie, les gardiens l'accompagneront jusqu'au parloir. À quatre heures moins vingt, elle s'assoira dans la pièce, toujours sur la même chaise près de la fenêtre. Et elle attendra que Bruna soit conduite jusqu'à elle, le regard fixé à la fenêtre, complètement absorbée, comme s'il n'y avait sur terre rien qui soit plus digne d'attention que les fils électriques, les peupliers d'Italie et les oiseaux.

Et à quatre heures moins le quart, ce sera au tour de Bruna. Le haut-parleur se mettra à bourdonner, une gardienne ouvrira la porte métallique de la cellule et lui fera signe de la suivre. Bruna longera le bloc cuisine, prendra un long couloir, passera dans le bâtiment extérieur pour se rendre à cette obligation douloureuse. Dix minutes séparent Bruna de cet instant, vingt tout au plus.

Vers quatre heures moins cinq, Bruna se dit que le train de Zagreb a eu du retard. Puis le bourdonnement habituel se fait entendre. La gardienne ouvre la porte et lui fait signe. Le monde revient à la normale, il retrouve son ordre prévisible, naturel.

La surveillante la conduit le long du bloc cuisine, le long d'un couloir bordé de cellules, puis elle la fait passer dans le bâtiment à l'extérieur où se trouve le parloir. Bruna entre dans la pièce et aperçoit aussitôt sa mère. Divna est assise à la même place, à la même table près de la fenêtre, absorbée comme toujours par le rébus des branches au-dehors. Puis elle se lève et embrasse sa fille. En la prenant dans ses bras, Bruna note qu'elle sent bon. Une nouvelle eau de Cologne, délicate, avec un soupçon de cannelle, ou peut-être de la vanille. Massimo continue à se montrer généreux.

Sa mère lui tend un cadeau. Toujours le même : des chocolats. Bruna déballe la boîte de Griotte et découvre la rangée de friandises aux cerises rouges et rondes. « Je sais que tu les aimes toujours, celles-là », dit sa mère.

Elles s'assoient. Divna s'est fait faire une couleur récemment, elle a une coupe jeune, décontractée. Sa silhouette et ses cheveux lui donnent un air juvénile, au point qu'on pourrait les prendre toutes les deux pour des sœurs. Mais en observant bien les cernes, le visage, Bruna voit qu'un mois a passé. Et qu'il a fait son travail de sape : Divna est plus vieille d'un mois, elle a plus de petites rides, plus de petits trous et de sillons qui froissent ses joues et lui font un double menton. C'est une bataille perdue d'avance. Personne ne peut la gagner, pas même elle.

Le regard de sa mère quitte la fenêtre et se fixe enfin sur elle. Et Divna lui pose toujours la même question, la question par où commence, chaque premier samedi du mois, leur conversation. « Comment tu vas ? »

Quand sa mère demande cela, Bruna lit sur son visage comme à chaque fois cette même lueur de culpabilité. *Pourquoi je lui demande ça maintenant ?* pense sa mère. *C'est avant que j'aurais dû le faire. Pendant qu'elle vivait dans la maison d'Anka Šarić.*

Bruna voit la lumière grise et blafarde tomber sur la chevelure de sa mère, et elle pense : elle est toujours la même. Mais il y a quelque chose qu'elle a perdu. La coquetterie. Ce n'est pas la Divna qu'elle connaît, celle qui s'évertue toujours et en tout lieu, vingt-quatre heures par jour, à séduire et faire impression. Ou bien elle a perdu cette coquetterie, ou bien la relation avec Massimo au bout de quelques années s'est émoussée. Ou bien, plus probablement, elle se retient ici pour ne pas mettre Bruna en rage.

— Comment tu vas ? répète Divna en souriant doucement.

— Bien, répond Bruna. Comment veux-tu que j'aille ? C'est toujours pareil ici, ça ne change pas.

Une grimace fugace se dessine alors sur le visage de sa mère.

C'est à ce moment-là que tu aurais dû me demander. Bruna ne le dit pas, mais tout en elle le crie : son visage, ses yeux, son corps. Et même sa blouse, cette pièce, cette cour. Tout ce qui l'entoure l'accuse, et Divna le sait.

Elle aurait dû le lui demander à ce moment-là. Parce qu'à ce moment-là – avant que *tout cela* arrive – Bruna en avait tellement besoin. Elle avait besoin d'une mère qui lui pose la question et qui écoute la réponse. Elle avait besoin d'une mère qui vienne la retrouver de temps en temps à Kman, qui se charge parfois d'émincer les oignons et de couper le céleri à sa place, qui se penche avec elle au-dessus du lavabo pendant qu'elle lave les cheveux gras d'Anka qui pue sous les bras. À l'époque, sa mère ne lui a pas demandé « comment tu vas ? » C'est maintenant qu'elle le fait.

— Ça va mieux, là, dit Bruna. Les jours rallongent, il y a plus de lumière.

— Suzana est venue te voir ? demande sa mère.

— Il n'y a pas longtemps. Elle m'a dit de te saluer.

— Je ne la croise pas beaucoup.

— Ça ne m'étonne pas. Elle sort peu, moins que toi.

Sa mère la fixe à nouveau bizarrement, une interrogation dans le regard, l'air de sonder s'il y a dans la réponse de Bruna un coup de patte en douce. Voyant le visage parfaitement indifférent de sa fille, elle est rassurée.

— Comment va Massimo ? demande Bruna, moins parce que cela l'intéresse que pour renouer le fil rompu de la conversation.

— Bien, répond Divna.

— Vous êtes toujours ensemble ?

— Toujours ensemble.

Ça, c'est nouveau, pense Bruna. Trois ans. Pour Divna, c'est inédit. Elle n'est jamais restée aussi longtemps avec un homme.

— En fait, il y a quelque chose de nouveau dont je voudrais te parler, dit sa mère, et Bruna remarque qu'elle est gênée, son regard fuit vers le sol.

Cela fait un bout de temps qu'ils sont ensemble, dit Divna. Mais ils se voient peu. Lui vient à Split les week-ends quand il peut, quand il trouve le moyen de laisser le magasin. Divna le rejoint à Biella, elle y reste entre dix et quinze jours, puis elle rentre toucher sa pension, payer les factures, aérer l'appartement. Massimo vient passer l'été en Adriatique, il loue un petit bateau. Mais les hivers sont longs, les jours raccourcissent, il y a la neige, ça devient compliqué de voyager, c'est compliqué et c'est cher. « On se voit peu, dit Divna. Trop peu. »

— Tu déménages en Italie, dit soudain Bruna.

Divna se tortille sur sa chaise, son corps avoue tout avant même qu'elle parle. Elle fait oui de la tête.

— Je pense à déménager, dit-elle. Pas tout de suite. À l'automne.

Bruna imagine. Elle imagine sa mère se promener à Biella, dans cette cité verdoyante et mélancolique, y faire les courses, communiquer dans son italien cahoteux, rendre un sourire à la vendeuse. Est-ce que les gens la connaissent déjà là-bas ? Est-ce qu'ils la saluent de la tête dans la rue ? Est-ce qu'elle s'est fait des relations ? Elle doit bien s'être fait des relations. Au bout de trois ans, les amis de Massimo doivent être aussi les siens.

— Et l'appartement ? demande Bruna. Tu penses en faire quoi ?

Divna se tait, et Bruna sait pourquoi elle se tait. Pas moyen d'esquiver une vérité désagréable à entendre : Tu ne vas pas avoir besoin de cet appartement. En tout cas pas maintenant. Pas avant longtemps. Pas avant neuf ans au moins.

— C'est idiot qu'il reste vide, dit sa mère.

— Tu ne vas pas le vendre ?

— C'est le plus raisonnable.

— Tu vas le vendre ?

— C'est bête… C'est bête qu'il reste vide.

— Et si tu te sépares de Massimo ?

— On ne va pas se séparer.

— Mais si vous vous séparez ?

— Massimo et moi, on ne va pas se séparer.

Bruna se tait. Depuis qu'elle est en prison, elle pense rarement à sa propre vie. Elle refuse de réfléchir à l'après. Elle refuse de faire des plans, elle a eu sa dose de plans pour toute une vie, elle a payé assez cher ceux qu'elle a échafaudés jusqu'à présent. Mais Bruna sait qu'un jour elle va sortir d'ici. Et quand elle pense à cette évidence, c'est toujours dans cet appartement qu'elle se voit. Elle retourne à Split, elle retourne dans ce vieil appartement, dans cette vieille chambre où les pots d'ajvar et de confiture l'ont supplantée. C'est comme ça qu'elle envisageait la chose. Et elle comprend maintenant que cela n'arrivera pas.

Où est-ce que je vais vivre ? pense-t-elle. Elle le pense seulement. Pour rien au monde elle ne le dirait à sa mère.

— C'est le plus raisonnable, répète Divna. C'est un bien qui reste vide, qui ne sert à rien. Avec cet argent, on peut faire plein de choses, avec Massimo.

C'est vrai, pense Bruna. Avec mon appartement, on peut faire plein de ski dans les Dolomites, plein de voile, plein de vacances.

— J'espère que tu n'es pas fâchée, dit Divna.

— Évidemment que je ne suis pas fâchée. Je n'en ai pas besoin. *Tu sais* que je n'en ai pas besoin.

Et tout en mentant à sa mère en face, Bruna essaie de s'imaginer l'appartement dans lequel elle a grandi. Elle fait défiler dans sa tête les images de la cage d'escalier, des rampes en plastique foncé et des boîtes aux lettres en fer. Elle voit la baignoire sabot, les placards, la loggia qui donne sur l'échangeur routier, d'où elle arrosait les passants au pistolet à eau quand elle était enfant. Et maintenant elle s'efforce d'insérer dans ce même espace d'autres gens, qui ne sont ni Divna ni elle-même. Elle essaie de se figurer des enfants en train de jouer dans la loggia au jeu du moulin avec des petits cailloux. Elle imagine une autre ménagère ranger du linge dans le placard, ou bien mettre à tremper de la morue séchée dans la baignoire en fonte la veille d'un jour de jeûne. Et en imaginant ces intrus informes et fantomatiques, Bruna se sent soudain blessée. C'est comme si son espace privé était attaqué, comme si des barbares venaient souiller son innocence et son intimité.

— Tu viendras moins souvent, constate Bruna, en faisant bien attention que cette phrase ne sonne pas comme une condamnation.

— Je viendrai.

— Ça va te manquer, Split. Elle va te manquer, ta ville.

— Je sais.

Bruna observe sa mère qui gigote sur sa chaise face à elle. Elle la regarde et elle comprend tout à coup : ce n'est pas elle qui a souhaité cela. Ce n'est pas sa décision. C'est Massimo qui veut cela. Massimo veut cet argent. Massimo veut la ramener dans sa ville du nord, on ne peut plus charmante et délicate – mais trop petite, trop calme, surtout pour Divna. *On ne va pas se séparer*, a dit Divna. C'est ce qu'elle dit. Mais même elle, là, maintenant, elle sait que ce n'est pas vrai.

Divna se lève, revêt son manteau et son beau châle en poil de chameau – à l'évidence encore un cadeau de Massimo. Elle s'approche de Bruna et pose un baiser rapide sur sa joue. Et tandis que sa mère s'apprête à se diriger vers la porte, Bruna lui pose encore une question, la dernière qui l'intéresse.

— Dis-moi, tu as raconté à Massimo ?

— Raconté quoi ?

— Est-ce que tu lui as dit pour moi ? Où est-ce que j'étais ? Tu lui as dit ce qui est arrivé ?

Divna ne répond pas. Elle se tait, embarrassée, et ce silence est la réponse la plus éloquente que Bruna pouvait obtenir.

— Dis-le lui avant de vendre l'appartement, dit Bruna. Tu m'as entendue, maman ? Pas après. Dis-lui avant. C'est un conseil que je te donne.

Et Bruna quitte la pièce tandis que Divna debout à la porte la regarde et cherche une réponse adéquate. La porte métallique se referme. La visite est terminée.

29.

Elle continua d'empoisonner Anka durant tout l'été. Tout le temps de juin, de juillet et d'août, deux fois par jour, Bruna se livra à un rituel méticuleux d'apothicaire. Elle préparait leur pitance, la divisait en deux égales portions. Puis versait dans l'une d'elles un peu de cette poudre qui sentait l'ail. Et elle donnait cette assiette à Anka.

Habituellement, l'été, Bruna cuisinait léger, elle mettait à cuire à l'eau des haricots et des courgettes, confectionnait des salades de radis, d'asperges sauvages et de pommes de terre. Désormais cela changea. Il était plus facile de mélanger le poison à des plats épais, fondants. Malgré le temps chaud, elle préparait des pâtes aux haricots, du veau aux petits pois, des tripes et du brodet de morue, rien que des recettes en sauce ou en soupe, pleines d'huile et d'ail, d'odeurs lourdes, dans lesquelles la bromadiolone allait se perdre. Anka aimait ce régime. Elle mangeait en quantité et avec plaisir, d'un appétit qui réjouissait Bruna en même temps qu'il l'effrayait.

Les mois d'été passaient et le raticide pénétrait dans le corps d'Anka, repas après repas, de déjeuner en dîner, à doses microscopiques. Il entrait par son palais et circulait irrémédiablement dans son appareil cardiovasculaire, à travers les poumons, la moelle épinière, la lymphe et le foie. Bruna prenait toujours soin de la vieille femme durant la journée. Elle continuait à la lever du lit, à la conduire à table, à lui laver les cheveux et les aisselles, elle sentait sa peau et l'odeur de crème. Elle l'attrapait par les poignets, elle touchait son crâne, sa chair, sa peau, elle sentait son corps sous ses doigts. Elle détectait d'infimes symptômes qu'elle seule savait déchiffrer : des yeux légèrement rougis, des gerçures sur les lèvres, des ecchymoses qui ne se résorbent pas. Les vaisseaux d'Anka se fragilisaient et crevaient, son sang se diluait. La bromadiolone voyageait dans ses veines et conduisait cette situation impossible à vivre vers son terme.

Bizarrement, Anka changea au cours de ces mois. Elle n'affichait plus cette haine et cette morgue brutale qu'elle avait auparavant. Elle devenait plus douce, presque reconnaissante, presque adorable. Au lieu des habituels remerciements maussades et ambigus, elle posait dorénavant sur Bruna un regard de gratitude, d'une douceur toute neuve. Quand Anka sombrait ainsi dans cette sorte de bonace bienveillante, Bruna était prise de remords pour ce qu'elle était en train de faire. Mais ça ne durait qu'un instant. Elle continuait à son rythme, de déjeuner en dîner, de dîner en déjeuner. Elle concoctait un ragoût de haricot, une fricassée de poulet, une soupe de pois chiches, et à chaque fois elle assaisonnait une des deux assiettes d'une pincée de poison. Elle n'avait qu'à attendre. Attendre que le sang se fluidifie, que les parois artérielles s'amenuisent.

Durant toute cette période, Mirela vint régulièrement les voir. Elle passait au moins une fois par mois, mais brièvement et toujours seule – sans son mari ni son fils. Elle serrait sa mère dans ses bras avec précaution, elle l'emmenait en promenade et l'aidait le soir à se changer. Elle nettoyait l'appartement d'Anka, lavait son linge, arrangeait la cour. Mais elle ne préparait pas à manger. Bruna lui avait dit dès la première fois qu'elle cuisinerait pour tout le monde.

Quand elle venait, Mirela passait beaucoup de temps au téléphone. Elle donnait des instructions à distance à des artisans inconnus pour installer une baignoire ou poncer un parquet dans leur appartement inachevé. Ou bien son téléphone se mettait à sonner et elle échangeait avec quelqu'un là-haut à Zagreb des formules cryptées, pour débrouiller des affaires de bureau, des problèmes lointains et byzantins.

Durant tout ce temps, Mirela se comportait avec Bruna de manière prévenante et timide. Elle s'adressait à elle avec précaution, c'était un mélange d'embarras et d'évidente culpabilité.

Mirela arrivait le vendredi et repartait le dimanche. Elle prenait un car dans l'après-midi, pour retrouver la pagaille de son appartement et sa carrière qui battait de l'aile. Et quand Mirela les quittait, la vieille replongeait pour un tour d'humeur maussade. Elle regardait Bruna d'un air abattu, comme si elle avait affaire à un ersatz défectueux à la place de l'original. Le sang, c'est le sang. Et elle, ce n'était pas son sang, c'était une étrangère.

Bruna faisait face à ce regard aigri et elle pensait. Elle se disait que la vie continuait. Pour tout le monde sauf pour elle. Alors elle s'attaquait à la préparation du dîner et y ajoutait une pincée de poudre qui sentait l'ail.

Un après-midi, au début du mois de septembre, Anka proposa qu'elles aillent se promener. Bruna l'installa dans son fauteuil, la descendit dans la cour et la conduisit vers la mer en la poussant. Elles marchèrent longtemps au milieu de nouveaux blocs d'immeubles de plus en plus clinquants et laids à mesure qu'elles approchaient du rivage. Puis la route à un moment débouchait sur un terrain plein d'herbe et de boue, que la municipalité avait remblayé autrefois pour la venue du pape à Split. Cette esplanade située en bord de mer, pensée pour être grandiose, ressemblait maintenant à une triste farce, elle était à l'abandon, envahie de broussailles et traversée par l'empreinte des camions. Bruna contourna le terrain boueux, poursuivit sur la route et atteignit la partie du rivage constituée de plages aménagées.

Elles déambulèrent longtemps sur la plage de galets remplie de baigneurs, près des trampolines pour enfants, des terrains de tennis et des pizzerias. Elles marchèrent jusqu'au petit port nautique. Bruna poussait le fauteuil roulant en suivant la rambarde, près des bateaux en cale sèche qui sentaient le goudron, le diluant et les algues. Elles atteignirent ainsi un bosquet à proximité du rivage.

Dans ce bosquet il y avait un restaurant. Il disposait d'un jardin d'hiver clos et vitré, prétendument en extérieur, pour que les clients puissent fumer. Depuis la dernière fois qu'ils étaient venus, cette avant-scène avait poussé dans toutes les directions comme une métastase.

Bruna se tenait devant le restaurant et contemplait ce lieu qui lui était familier. Être là – et être là avec Anka – éveilla en elle une douleur et un brusque sentiment de désolation.

— C'est ici que nous nous sommes rencontrées pour la première fois, dit soudain Anka. Tu te souviens, le jour où Mirela a fait faire sa communion au petit ?

C'était dit presque avec tendresse, sur un ton que Bruna n'attendait pas.

— Et comment, que je me souviens. Je me souviens très bien.

Elles se tenaient là devant le restaurant vitré et regardaient. À l'intérieur, un groupe de convives était assis autour d'une longue table décorée avec solennité, ils devaient fêter quelque chose, de dehors cela pouvait ressembler à un baptême. Près de la table, il y avait un landau dans lequel dormait un petit enfant inconscient. Deux personnes âgées trônaient en bout de table, sans doute la grand-mère et le grand-père. Le grand-père arborait une large cravate, avec un motif géométrique aux couleurs éclatantes, qui avait l'air d'avoir été portée pour la dernière fois dans les années soixante-dix. Pas le moindre son ne passait à travers la paroi vitrée. Bruna contemplait ce banquet familial comme s'il s'agissait d'un film muet. À l'intérieur, les gens ouvraient la bouche et gesticulaient, mais aucune voix ne lui parvenait. Ces gens muets dans ce restaurant donnaient l'impression d'être indescriptiblement heureux.

Elles poursuivirent leur chemin en direction du centre-ville. Elles longèrent le rivage où la mer était peu profonde et atteignirent la pointe avant l'anse suivante. Des gens en maillot de bain jouaient aux échecs sous les tamaris, des enfants s'aspergeaient avec l'eau des douches et le ciel de cette fin d'après-midi rougeoyait à l'horizon. Le soleil déclinait du côté de la double rangée d'îles, derrière des grands arbres et un ensemble inachevé d'appartements de vacances.

— C'est beau, dit Anka.

Et c'est vrai que c'était beau. Tellement beau qu'on aurait volontiers fixé cet instant, on l'aurait mis sous cadre pour qu'il dure.

Alors Bruna eut un sursaut. « Il faut rentrer, dit-elle, il est déjà tard. » Et aussitôt elle se remit en chemin, poussant le fauteuil roulant devant elle, loin de la mer, pour retrouver leur quartier, leur rue et leur maison. Et la cuisine où les attendait le dîner qu'il fallait finir de préparer.

On était début septembre. Quinze jours plus tard, Anka Šarić était morte.

30.

Anka mourut dans son sommeil. Bruna la trouva morte un jeudi à la fin de septembre. Comme tous les matins, elle s'était réveillée, avait pris sa douche et enfilé sa tenue pour se rendre au bureau. Elle était descendue à l'étage inférieur pour lever et habiller Anka. Quand elle entra dans la chambre, elle n'entendit pas la respiration caverneuse habituelle de la vieille femme. Elle s'approcha du lit et tira le drap. Anka était blanche de la couleur du lait, calme et bienheureuse. À la place de la moue aigrie sempiternelle, son visage rayonnait d'une quiétude inattendue.

Bruna s'assit dans la cuisine et resta un long moment le regard dans le vague, totalement hébétée. Puis elle se leva et prit le téléphone. Elle appela d'abord les urgences. Elle appela ensuite Mirela à Zagreb. Enfin elle envoya un message à Frane. Lequel, ce matin, naviguait entre Dalian et la Corée.

Après qu'elle eut raccroché, elle retourna dans la chambre. Elle alla chercher un tissu qu'elle noua sous le menton de la vieille femme. Elle l'installa dans une position droite et lui joignit les mains sur la poitrine. Bien qu'elle fût morte, Anka sentait toujours la même odeur, un mélange de crème et de sueur. Ses membres étaient encore souples, ce qui signifiait qu'elle était morte depuis peu, avant l'aube.

Après avoir installé la vieille femme, elle s'assit dans le fauteuil à côté d'elle, en attendant que les services médicaux arrivent. Elle contemplait son corps qui refroidissait et se raidissait lentement. Elle s'imaginait qu'elle éprouverait du soulagement, ou du remords, de l'excitation, de la peur. Mais rien de tout cela : ou peut-être alors un vague soupçon imprévu de regret.

Elle resta ainsi assise une heure et demie, peut-être deux. Puis elle entendit, à travers la fenêtre fermée, le bruit d'un fourgon dans la cour. Il y eut un temps de silence. Et l'on sonna à la porte.

En cet instant, elle le savait : une époque s'achevait. Sa vie allait quitter le point mort et repartir.

Elle se leva et alla ouvrir aux services mortuaires. On était le 22 septembre, un peu après dix heures.

Cinquième partie

31.

Ils passèrent un long moment à errer dans le bâtiment.

Ils tâtonnèrent dans des escaliers mal éclairés, débouchèrent dans un couloir puis dans un autre, poussèrent au hasard la porte de bureaux qui étaient tous sans exception déverrouillés et vides. Tout semblait d'une indicible banalité autour d'eux : un couloir peint en blanc, des armoires de documents, des tas de papiers qui traînaient, des tables de bureau avec des ordinateurs éculés. En soi, il n'y avait rien d'horrible dans cet espace. La seule chose horrifiante, c'était ce que Bruna savait. À savoir qu'ils étaient dans une morgue et que quelque part, à l'étage au-dessus ou en dessous, il y avait des morts. Et parmi ces morts, Anka.

Ils finirent par découvrir le bureau de permanence. Derrière une des nombreuses portes, ils tombèrent sur un jeune homme aux cheveux courts et aux lunettes cerclées élégantes. Ils s'avancèrent dans la pièce – Frane, Mirela, Slavko et Bruna – et se présentèrent. Le légiste leur tendit la main et exprima des condoléances professionnelles impeccables.

— Nous sommes là pour Anka Šarić, dit Mirela. On aimerait la voir. Avant que les services funèbres viennent. Avant qu'ils ferment le cercueil.

Le jeune homme aux lunettes opina du chef avec compassion et les guida à travers des couloirs et des escaliers. Ils descendirent d'un étage, puis encore un, puis encore un autre, vers des limbes mi-obscurs.

Ils arrivèrent au sous-sol, devant une porte de métal massive. Le légiste ouvrit et les fit entrer dans une salle plutôt fraîche, puissamment éclairée par un néon. Un alignement de grands tiroirs métalliques occupait un mur. Au milieu de la pièce, six tables en inox avec une évacuation pour les écoulements. Toutes les tables étaient vides, sauf une au bout de la pièce, sur laquelle reposait le corps d'un homme âgé, obèse. Un cadavre bouffi et jaunâtre, comme un pain de maïs.

Le pathologiste s'approcha d'un tiroir et l'ouvrit. À l'intérieur, il y avait Anka.

Quand Mirela la vit, son visage se tordit de douleur. Mais Bruna ne regardait pas Mirela. Elle observait Frane. Lui ne pleurait pas. Quand il découvrit le corps mort et glacé de sa mère, il eut un bref rictus effrayé, qui disparut aussitôt comme un rien, comme un souffle de brise sur l'eau.

— Si je ne fais pas erreur, c'est elle, n'est-ce pas ? dit le médecin. Votre mère ?

— C'est elle, confirma Frane, sans la quitter des yeux.

— Il est écrit qu'elle a été victime d'une attaque cérébrale dans le passé.

— L'année dernière, répondit Mirela. Une attaque sévère. Depuis, elle était en fauteuil roulant.

— Selon toute vraisemblance, elle a subi une nouvelle attaque, dit le légiste. C'est probablement la cause du décès. Souhaitez-vous une autopsie ?

Frane se taisait, comme s'il n'avait pas entendu la question. Durant un court instant tout le monde garda le silence, puis Mirela réagit et demanda : « Vous faites ça normalement ? Est-ce que c'est payant ? »

Le légiste sourit puis, comprenant que la chose était mal venue, il mua son sourire en une expression émue plus attendue. « C'est notre travail, répondit-il. Nous la pratiquons si la famille le souhaite. Si vous n'êtes pas pressés pour l'enterrement… »

— On n'est pas pressés, dit Mirela. C'est mieux qu'on sache. N'est-ce pas, Frane ? Comme ça, on sait. On est sûrs de ce qui s'est passé. On dormira plus tranquille. Moi, je dormirai plus tranquille.

Frane écouta Mirela et approuva d'un signe de tête. Il ne dit rien. Ni lui ni Bruna. Ni Slavko, évidemment.

— Bien. Nous ferons cela cet après-midi, dit le légiste. Quand vous irez voir les pompes funèbres, dites-leur que le corps sera prêt demain. Ils pourront venir le chercher demain. Ils pourront alors fermer le cercueil.

Ils quittèrent la morgue en suivant les mêmes escaliers à moitié sombres. Arrivés au sommet de l'immeuble, ils comprirent qu'ils étaient montés un étage trop haut. Ils descendirent au rez-de-chaussée et aperçurent la lumière extérieure à travers la porte en verre dépoli. Dehors, comme une ironie, la journée était magnifiquement ensoleillée.

— J'ai besoin de quelque chose de fort, dit Mirela. Une gnôle ou un cognac.

Ils entrèrent dans un troquet à l'angle de la rue. Près de la fenêtre, quelques infirmiers en blouse blanche buvaient un coup. Ils terminaient leur bière tout en cassant du sucre sur le dos des médecins. Mirela commanda et le garçon leur servit quatre cognacs. « À elle », dit Mirela, et elle ingurgita le contenu de son verre. « À elle », répondit Frane, et Bruna marmonna une formule inintelligible. Elle approcha le verre de ses lèvres. L'arôme puissant du sucre et du bois de chêne lui monta à la tête. Elle licha une goutte du liquide et comprit, si elle l'avalait, qu'elle vomirait sur place.

Ils burent encore un verre, seule Mirela en prit un troisième. Après quoi, Mirela dit qu'elle souhaitait rentrer à la maison faire un somme. Frane dit qu'il ne rentrerait pas. Il avait besoin de prendre l'air. Il aimerait marcher un peu, s'aérer la tête.

Ils déposèrent Mirela et Slavko à la maison et poursuivirent leur route. Ils garèrent la voiture dans l'anse de Zvončac, à côté de la vieille église bénédictine. Ils continuèrent à pied, par le sentier étroit qui longe la mer. Après deux jours de bora, la mer était basse. La baie envasée était à moitié sèche, des bouteilles, des branches et des seaux en plastique émergeaient du sable mouillé. Ils suivirent le chemin qui grimpe au-dessus des rochers, entre la mer et la pinède. Dans l'anse de Ježinac, quelques personnes nettoyaient du poisson et préparaient un barbecue.

Bruna observa un homme âgé, maigre, qui badigeonnait les grillades d'huile d'olive. Un autre qui attisait le feu dans un brasero. Une femme d'âge moyen, la poitrine opulente débordant de son décolleté, penchée au-dessus de la mer, en train de gratter les écailles étincelantes de maquereaux bleu-vert. Et une assiette pleine d'un petit tas d'entrailles rouges. Un chat qui rôdait alentour, instinctivement alléché par l'odeur des viscères et du poisson. Des maquereaux nettoyés. Un bidon en plastique rempli d'eau. Une vieille aux cheveux gris, complètement fripée, qui versait à chacun du vin qu'elle prenait soin de couper avec de l'eau. Un gros homme dans une chemise à carreaux qui tranchait des pommes de terre et préparait une salade.

Et pendant que Bruna observait ces gens, une image surgit comme un flash dont elle ne put se débarrasser. Elle regardait ces gens et elle les imaginait étendus côte à côte sur ces tables en acier avec ces évacuations. Cet homme sec, et le gros à la chemise, et la femme à la poitrine énorme qui nettoyait le poisson – tous étaient étendus sur le dos, les yeux clos, blancs comme des spectres, ils attendaient d'être disséqués par le scalpel du jeune médecin aux lunettes. Bruna voyait tourner cette image dans sa tête, et elle eut un éclair soudain et douloureux de conscience : un jour ou l'autre il en sera ainsi pour tout ce monde. Un jour, ils finiront tous allongés dans cette pièce. Un jour, peut-être dans trente ans, peut-être quinze, peut-être cinq. Pendant un instant, le temps d'un éclair ou d'un battement de cils à l'échelle de l'univers, ils seront tous pareillement gonflés, jaune maïs, ils reposeront tous sans vie sur cette table d'acier sans âme. Et tous le savent, tous savent qu'il en sera ainsi, et pourtant ils sont assis là, ils préparent du poisson, comme si tout allait bien, comme si ce qui devait advenir n'était pas si terrible. Bruna les regardait et ne manquait pas d'être étonnée par tant de courage ou d'aveuglement.

Ils dépassèrent l'anse et avancèrent dans la pinède. Ils s'assirent sur un banc. Frane contemplait la mer au large et gardait le silence, l'air pensif. Elle posa sa main sur la sienne pour lui donner du courage. Et Frane se mit à parler. Il le fit à sa manière : comme s'il avait fait sauter un bouchon, rompu d'un coup un barrage étanche.

Je me rappelle, dit-il, quand ils ont construit la maison. Cette maison où nous vivons. Mon père travaillait encore à Ingolstadt, mais il avait pris cinq semaines de congé sans solde. Ils ont commencé à monter un étage. Je la vois, elle. Anka. Comme si elle était là devant moi. Elle faisait à manger pour les ouvriers. Tous les jours, dans la cuisine d'été, elle faisait le casse-croûte pour la vingtaine qu'ils étaient. On était en juillet et elle préparait des poivrons farcis. Et quand c'était prêt, les ouvriers posaient deux grandes planches sur des parpaings pour improviser une table. Alors elle arrivait, dans son tablier à carreaux, et elle posait devant eux la poêlée de poivrons. Je le vois encore, ce tablier. Plein de taches de sauce, rouge, comme si quelqu'un s'était coupé. Ou qu'on avait saigné quelqu'un.

Frane parlait, les yeux fixés sur l'horizon. Un horizon qui changeait. Le crépuscule tombait sur les îles, le ciel à l'ouest commençait à rougeoyer, et la mer – ridée peu avant par le maestral[1]– était maintenant lisse et plate comme un disque. Un ferry en provenance de Šolta se dirigeait vers le port et grossissait sous leurs yeux de minute en minute.

— Ils se sont connus sur un chantier, je ne sais pas si tu savais ? poursuivit Frane. À Obrovac. À l'époque, ils construisaient la centrale hydroélectrique. Lui travaillait pour le combinat, il était soudeur sur les tubes acier du système de pompage. Elle préparait le café et elle servait les repas à la cuisine mobile. C'est comme ça qu'ils se sont rencontrés. Elle lui a servi son déjeuner. Elle lui a tendu une gamelle, des haricots ou de la choucroute, elle souriait. Deux trois mots échangés, et c'était parti. C'était encore le socialisme. Les aubes roses, les bleus de travail, les cheminées d'usine – enfin, tu sais bien. C'était une autre époque.

Pendant qu'il parlait, un petit groupe de jeunes touristes passa sur la promenade. Ils portaient des piercings et parlaient une langue aux sonorités nordiques. Ils jouaient à se pousser au bord de la mer et riaient bruyamment. Frane se tut, il attendit qu'ils s'éloignent, puis il poursuivit.

— Donc, c'est comme ça sur le chantier qu'ils sont tombés amoureux. Mon père racontait toujours que Mirela avait été conçue dans le Velebit, dans un fourré, à l'arrière des baraques des ouvriers. Et puis quand il a vu que le socialisme partait en vrille, il a filé sa démission et il s'est tiré à Ingolstadt. J'avais trois ans, Mirela sept. Ils venaient de commencer à construire la maison à Kman. Il y avait juste le rez-de-chaussée, même pas d'enduit, avec quatre armatures qui émergeaient comme ça, en l'air. À l'intérieur, il y avait un mur de parpaings. Une

1 En Dalmatie, le maestral est une brise de mer agréable qui souffle du nord-ouest.

cuisinière à bois. C'est comme ça qu'elle nous a élevés – seule, sans lui, dans cette maison même pas crépie. Il envoyait un peu de thune de chez les Chleuhs, et elle, elle avait affaire aux ouvriers. Et voilà, petit à petit – le carrelage, les escaliers, la façade, les murs intérieurs. Un truc après l'autre, avec les artisans. Avec deux enfants, moi grand comme ça. Elle a été héroïque, ma mère. Héroïque.

Après tout cela, Frane se mit enfin à pleurer. Le soleil se couchait derrière la presqu'île, un ferry entrait dans le port, la baie plongeait dans l'obscurité, la mer respirait, paisible et majestueuse, et Frane pleurait. Ces sanglots qu'il réprimait depuis des jours éclataient enfin. La nouvelle de la mort de sa mère, son visage figé à jamais, rien de tout cela n'avait pu lui tirer des larmes. Mais cette image, l'image d'Anka en train de servir des poivrons farcis aux ouvriers, une louche à la main, dans son tablier plein de taches rouges : alors seulement Frane s'était mis à pleurer, et il pleurait bruyamment, comme un enfant.

Bruna était assise à côté de lui, la main posée sur son poignet. Elle était assise et elle imaginait à quoi devait ressembler alors la maison dans laquelle elle vivait aujourd'hui. À quoi elle devait ressembler sans crépi, sans étage supérieur. À quoi devait ressembler Anka quand elle était jeune et qu'elle avait de l'allure, qu'elle servait le goulasch aux ouvriers du chantier à Obrovac. Elle regardait la mer maintenant totalement sombre et elle écoutait son homme qui pleurait comme un enfant inconsolable. Et elle pensait à quelque chose qui la tourmentait depuis des heures. Elle se demandait si la bromadiolone dans le sang se résorbait avec le temps ou si elle flottait encore présentement dans les veines mortes d'Anka, aussi froide que pouvait l'être le sang d'Anka.

Elle pensait à cela en même temps qu'elle caressait le poignet de Frane en tâchant de le consoler.

32.

Ils enterrèrent Anka le jeudi suivant, dans le caveau familial, au village.

C'était une journée étouffante pour un mois de septembre, le soleil grillait la plaine et l'herbe jaune fanée autour du cimetière était à l'agonie après des mois de canicule. Ils se tenaient ensemble au-dessus de la trappe de ciment : la famille, les connaissances, les voisins de Split et les villageois. Tous trop vêtus, les mains et le front transpirants.

Ce furent des obsèques simples. Le curé dit une prière, des hommes de la fraternité locale soulevèrent le cercueil avec de grosses cordes et le déposèrent dans le trou de béton. Frane y jeta un bouquet de fleurs et Mirela fondit en larmes. Puis les frères déplacèrent la plaque de granit noir et refermèrent le caveau comme une boîte à chaussures. Et voilà.

Durant tout ce temps, Bruna se tint au-dessus de la tombe, accrochée au bras de Frane. Elle sentait ses muscles se tendre et se relâcher. Elle sentait dans son biceps les pics d'accablement et les moments d'accalmie, les tensions légères, alternant comme au rythme des flux et reflux des marées.

Durant toute la cérémonie, elle ne regarda rien ni personne. Elle ne regarda ni Frane, ni Mirela, ni sa propre mère dont le mascara dégoulinait de larmes. Elle ne regarda pas non plus le cercueil de frêne clair quand il s'enfonça lentement en grinçant vers sa destination de béton. Durant tout ce temps, Bruna fixa un seul point : le portrait ovale sur la plaque de céramique. Elle regardait Filip Šarić dans les yeux et elle se disait que peut-être, dans un monde comparable, tout aurait pu se passer différemment. Elle imaginait un autre monde, un monde parallèle, dans lequel Filip Šarić aurait fait attention où il posait le pied. Dans lequel il n'aurait pas basculé dans le vide, ce vendredi avant les Rameaux, et ne serait pas tombé du toit d'une ferme à Kelheim.

Dans cet autre univers, Filip Šarić avait survécu, Anka et lui avaient poursuivi leurs existences comme deux vieux bienheureux. Filip, en bon mari, prenait soin de la malade. Dans cet univers, Frane et elle étaient un jeune couple, ils avaient la liberté pour eux.

Bruna pensait à tout cela pendant que le cercueil en frêne descendait dans le trou et que les yeux du mort dans son ovale en céramique la toisaient. Et puis, au bout d'un moment, elle chassa toutes ces pensées stériles. Car Filip avait posé le pied là où il l'avait posé. Il avait basculé dans le vide dans la ville de Kelheim. Basculé dans le néant, bouleversant ainsi non seulement son existence, mais aussi celle d'une inconnue lointaine dont il ne saurait jamais qu'elle s'appelait Bruna. Les conséquences s'étaient enchaînées. Le monde n'est qu'une suite rectiligne de dominos mettant à bas d'autres dominos, eux-mêmes abattant les suivants, sans autre alternative. Ils tombent les uns après les autres, dans un corridor à sens unique, sans fenêtre ni bifurcation possible.

Entre-temps, tout fut fini. Ils enfermèrent Anka dans la fosse cimentée, disposèrent des fleurs sur la pierre tombale, et l'assistance commença à se disperser. Le bras de Frane se détendit. Le moment de crise était passé, il était de nouveau calme et posé, tel qu'il était toujours. Divna s'approcha de Bruna et l'embrassa dans un geste de tendresse inattendu. Bruna soumit sa joue à son baiser et se dit qu'il allait lui rester une trace grasse de maquillage sur le visage.

Après l'enterrement, ils partirent pour Split. Dans l'église paroissiale de Kman, une construction laide en béton, le curé célébra une messe de funérailles qui fut longue et générique. Puis les connaissances et la famille se retrouvèrent chez eux, dans la maison familiale.

Ils étaient assis tous ensemble autour de la grande table dans la cuisine d'Anka. Bruna avait descendu des sièges supplémentaires et apporté de l'eau-de-vie et du vin, des olives, du fromage, de la pancetta et des gâteaux secs pour leurs hôtes. Elle se tenait debout près de la table, à l'affût d'une assiette ou d'une carafe qui se vidait. Aussitôt alors elle l'attrapait et la portait jusqu'à l'évier pour la laver. Elle avait besoin de choses à faire pour s'occuper.

Elle observait les gens autour de la table. Il y avait là ses amis, ceux de Frane, les cousins d'Anka du village, reconnaissables à leur silhouette sèche et à leur peau tannée par le soleil. Lentement les cravates sombres et les vestons se dénouèrent, les faux cols disparurent, le repas funèbre à mots chuchotés glissa progressivement vers des débordements festifs. Cela parlait de plus en plus fort. Mirela et Frane étaient assis au centre, comme dans l'œil du cyclone. Frane manquait visiblement de sommeil, il avait le teint pâle après un été passé dans la salle des machines du *Jessica*. La tension se lisait sur son visage, puis elle se dissipa peu à peu et céda la place à un petit sourire de connivence. Sur le visage de Mirela, par contre, il n'y avait pas le moindre sourire. *Mirela, c'est une fêtarde*, avait coutume de dire Frane, mais cette Mirela-là était absente. Elle se taisait. Elle ne prononça pas un mot de tout l'après-midi, elle ne but quasiment que de l'eau, fumant cigarette sur cigarette, une expression affligée accrochée à son visage immobile. Elle aimait Anka, pensa Bruna. Il était plus facile d'aimer Anka à distance.

Bruna était debout et les servait. *Bruna, s'il te plaît*, disait l'un des invités. *Bruna, s'il y en a encore. Bruna, est-ce que c'est possible. Bruna, tu serais un amour.* À chaque début de phrase, Bruna sursautait, cherchait du regard qui des invités l'appelait d'un geste de la main, qui lui indiquait une carafe ou une corbeille à pain vide, un cendrier qui débordait. Elle était debout dans la cuisine d'Anka, là où depuis des mois elle était de fait la seule cuisinière. Mais là, c'était autre chose. Maintenant, dans cette cuisine, elle était la patronne. La prochaine reine de la ruche, la maîtresse qui dispose, qui impartit et instaure l'ordre.

À un moment, un des cousins lui demanda encore un peu de vin. Elle ouvrit un placard et constata qu'il n'y en avait plus. Elle devait aller en chercher dans le garage.

Elle quitta l'appartement d'Anka et se retrouva dans l'escalier. Hors du tumulte enfumé de la pièce, elle éprouva une sensation soudaine de calme total.

Elle s'adossa au mur et regarda autour d'elle. Elle parcourut des yeux les arêtes en béton de la maison d'Anka, les poutres, les marches, les rampes métalliques. Les balcons en béton donnant au sud, le grand jour de la cage d'escalier, le mur latéral avec ses lucarnes. Elle parcourut les planchers en béton et les lignes courbes, les circuits électriques, tendit l'oreille au bruit du compteur, du chauffe-eau, de la climatisation et du surpresseur. Elle écouta le murmure et le battement de cette maison faramineuse, observa les courbes du béton, la structure dans laquelle se cachait la vieille ossature de ferraille. Elle contemplait tout cela, et une image, toujours la même, était fixée dans sa tête et n'en sortait pas : celle d'une Anka bien vivante, avec trente kilos de moins, dans un tablier taché, rouge sang, servant aux ouvriers du poivron en sauce. Et en arrière-plan, les bouts embryonnaires de leur futur bien immobilier : les planchers inachevés, les murs sans enduit, les fers à béton dressés en l'air comme des peignes couleur de cendre et de rouille.

Elle descendit jusqu'au garage. Elle ouvrit la porte de la cour, puis celle du cellier, entra dans l'espace au rez-de-chaussée, qui était vide, bétonné, et qui sentait légèrement l'humidité. Elle prit une dame-jeanne du vin de Davor, jeta un coup d'œil circulaire au cellier, puis elle éteignit la lumière et referma la porte. Elle monta à l'étage. Le soleil se couchait, la lumière dans l'entrée avait diminué. Les marches qui menaient à l'étage supérieur – *son* étage – étaient déjà plongées dans la pénombre. Les angles en béton de la bâtisse réfléchissaient le soleil qui déclinait à l'ouest, la maison donnait l'impression de se transformer, de se métamorphoser devant elle. Le béton brûlant respirait, il changeait de couleur, comme un monstre vivant, frémissant. Alors à cet instant, dans l'entrée, sa bouteille de vin à la main, Bruna comprit une chose : cette maison était un piège. À compter de maintenant, et jusqu'à la fin de sa vie, Bruna vivrait dans cette nasse qui respire, dans ce mausolée vivant de la personne qu'elle avait tuée. En apparence, elle serait la patronne de ce château fort. Dans les faits, elle en serait la prisonnière, elle le servirait en humble pénitente, et chaque jour, chaque heure, ce bâtiment de béton lui rappellerait ce qu'elle avait fait à sa créatrice. Cela commença à tourner dans sa tête. Elle se plia en deux, une envie de vomir jaune et acide déferla dans sa gorge.

Cet accès de faiblesse dura un court instant. Et dans cet instant, Bruna pensa qu'elle allait tomber, qu'elle allait dévaler la volée d'escalier et que tout allait s'arrêter là, à cet endroit. Et puis cette faiblesse passa. Elle inspira un grand coup et se reprit.

Elle entra dans la pièce. Ce fut de nouveau comme une gifle : le bruit, la chaleur, l'odeur du tabac et l'alcool acide. Elle posa la bouteille sur la table et s'adossa à la fenêtre de la cuisine, pour avoir un appui, pour ne pas tomber. « Patronne, lança quelqu'un. Patronne, tu m'en redonnes, s'il te plaît. » Elle réagit comme un ressort : elle se redressa et fit ce qu'on lui demandait.

La scène dura encore peut-être une heure ou deux.

Puis les rangs des invités commencèrent à se clairsemer. Ils se levèrent les uns après les autres, s'embrassèrent et s'engagèrent vers la sortie. Bruna les salua d'un pâle sourire, leur offrit une joue à embrasser et laissa Frane et Mirela les raccompagner. Elle entendit les conversations dans la cage d'escalier, le bruit de la porte et de la serrure, enfin les pas et les voix passablement soûles dans la cour. Bientôt tout le monde fut parti. Il ne restait plus que Frane et elle, Mirela et Slavko. La maison était à nouveau vide et tranquille.

Elle lava les verres et les assiettes, vida dans l'évier les fonds de bouteilles de vin et d'eau-de-vie, nettoya les cendriers. Elle ouvrit en grand les fenêtres de la cuisine pour évacuer les relents de tabac. Elle souffla la mèche sous la photo d'Anka pour éviter que le napperon en papier ne prenne feu. Elle sortit éteindre également la lumière sur la véranda. Après quoi, quand tout fut fini, elle dit à Frane qu'elle était fatiguée et qu'elle allait s'allonger. « Je n'ai pas encore sommeil, répondit-il. Sans doute la nervosité. Va te coucher, je vais boire un dernier verre avec Mirela. »

Elle se doucha longuement et s'allongea dans le lit qui sentait le propre. Elle aurait voulu saisir ce que Frane et Mirela se racontaient, mais elle n'entendait rien. Elle était étendue, à l'écoute de la nuit, incapable de s'endormir.

Bientôt elle distingua des voix dans l'entrée. Frane et Mirela. Ils se dirent au revoir et se séparèrent : Mirela rejoignit son mari, qui dormait dans la chambre d'Anka, et Frane grimpa à l'étage d'un pas lourd, légèrement ivre. Il entra dans la chambre, se débarrassa de sa chemise et se pencha au-dessus d'elle. Il l'embrassa. Sa bouche sentait le vin de Davor.

Il s'allongea sur le dos et Bruna se serra contre lui. Il l'enveloppa de son bras. Ils étaient ainsi étendus, les yeux au plafond, comme avant, quand ils avaient aménagé cet appartement, quand le lit sous eux sentait encore la colle et la laque. La ville glissait vers la nuit, ils contemplaient les taches de lumière et d'ombre qui dansaient sur le plafond, et ils se taisaient. Et puis Frane se mit à parler. « J'en ai marre de ce boulot. Partir en mer, revenir, puis repartir. Je me dis qu'il est temps qu'on ait une vie normale. Il est temps qu'on ait des minots. »

À cela Bruna ne répondit rien. Elle se serra simplement un peu plus contre lui, comme pour chercher une protection contre quelque chose qui l'effrayait et la menaçait. Elle sentit la respiration de Frane s'apaiser, elle entendit bientôt son souffle régulier, il s'était assoupi. Elle se pelotonna sur son côté du lit et attendit que le sommeil vienne. Mais elle savait qu'il ne viendrait pas.

33.

« Tu as toujours eu une bonne ouïe », lui a toujours dit sa mère. Elle le lui disait déjà quand elle était enfant, quand elle dressait l'oreille et sursautait au moindre bruit extérieur comme un écureuil apeuré. Elle entendait tout : la camionnette du marchand de glace, l'avion d'épandage, la clameur du stade de football, la Renault 4 de son père gravissant en seconde la pente qui menait à leur immeuble.

Encore maintenant Bruna a une très bonne ouïe. Quand tout devient calme alentour, quand les lumières s'éteignent et que la prison sombre dans le noir, Bruna, tel un animal, épie les bruits apportés par la nuit. Tout d'abord elle n'entend rien. Pendant un moment, on dirait qu'une paix complète, la paix des morts, s'est abattue sur la maison centrale. Après quoi des sons commencent à émerger du néant – pâles au début, puis de plus en plus nets, comme quand les yeux s'habituent au noir et commencent à distinguer des contours là où peu avant il n'y avait rien à voir. Bruna est allongée sur le dos, le regard fixé sur la couche au-dessus d'elle, tout à fait réveillée – le sommeil refuse de venir –, elle écoute le silence. Elle entend l'eau d'une douche qui goutte du côté des sanitaires. Elle entend une quinte de toux sévère. Elle entend la musique en sourdine d'un téléphone mobile illégalement planqué quelque part. Elle entend une détenue soupirer pendant qu'une autre lui procure du plaisir de ses doigts. Elle entend la radio dans l'aile des surveillants. Elle entend le bulletin d'information et après – à minuit – l'hymne croate. Elle est toujours réveillée au moment de l'hymne croate. Il est rare, très rare, qu'elle s'endorme avant, quand elle arrive à s'endormir.

Bruna a toujours eu une très bonne ouïe. Ce matin-là, le lendemain des obsèques, c'est un tout petit bruit qui l'a réveillée.

Elle se souvient de ce bruit aujourd'hui encore. Elle s'en souvient, car il a tout changé.

Le lendemain des obsèques, Split s'était réveillé noyé de chaleur. Dès l'aube elle sentit que son front était trempé de sueur, que ses cheveux étaient mouillés sur l'oreiller. En ville, la saison touristique battait son plein, avec la cohue humaine, les voitures, les sirènes des bateaux de croisière dans le port. Toute une vie bruyante débordait au-dehors. Dans la maison, tout était tranquille. Terrassé par l'enterrement, Frane en écrasait à côté d'elle. Il n'y avait aucun signe de vie à l'étage inférieur, où Mirela et les siens dormaient.

C'est alors qu'un téléphone se mit à bourdonner.

Le son venait d'en bas, c'était léger et insistant, agaçant comme un insecte. Ça sonnait et ça n'arrêtait pas – trois minutes, cinq minutes, peut-être davantage. Bruna savait où ça sonnait : sur la tablette en métal couverte d'un napperon en dentelle, sous le portemanteau, dans le vestibule chez Anka. Le téléphone gris en bakélite des années quatre-vingt s'entêtait à sonner, aussi insistant qu'agaçant.

Au bout d'un certain temps, Bruna entendit des pas à l'étage en dessous. Quelqu'un, probablement Mirela, s'était extirpé du lit et traîné jusqu'au vestibule pour mettre fin à la nuisance. Mirela attrapa le combiné et salua brièvement. Bruna distingua son *allô*. Puis un long silence. Puis le son du combiné qu'on remet en place.

À cet instant, Bruna était complètement réveillée. Elle tendait l'oreille vers l'étage inférieur, mais elle n'entendait rien. L'étage d'Anka était plongé dans un silence de cimetière. Un silence qui dura une demi-heure, peut-être plus. Finalement, les pas de Mirela rompirent le silence. Elle sortit de la maison et grimpa dans la voiture de Frane. Elle démarra et partit à toute allure.

Bruna descendit à l'étage inférieur. Elle ouvrit la porte doucement, pour ne pas réveiller Slavko. Elle entra dans le vestibule. Sur la tablette près du téléphone, un post-it jaune avec un message était posé. C'était écrit de la main de Mirela, manifestement à l'adresse de Slavko. *Le médecin a appelé*, était-il marqué. *L'autopsie a trouvé quelque chose.*

Elle eut suffisamment de sang-froid pour remettre le papier en place tel qu'elle l'avait trouvé. Pendant que son cerveau travaillait fiévreusement, qu'elle réfléchissait à ne pas commettre d'erreur, elle s'appliqua à des tâches ordinaires, quotidiennes. Elle prépara du café, brancha le grille-pain, sortit le beurre du frigidaire. Le mieux, c'est de tout faire comme d'habitude, pensa-t-elle. Tout pareil que d'habitude, pour faire le moins d'erreurs possible.

Elle attendit que l'eau de la casserole frémisse et ajouta trois cuillères de café. Et soudain elle se souvint. La bromadiolone. Elle était encore là, sous l'évier, exactement au même endroit que la dernière fois où elle l'avait utilisée.

Elle ouvrit rapidement le placard sous l'évier. Elle

attrapa la boîte, enfila des chaussures et se munit du sac-poubelle comme prétexte pour sortir dans la cour. Elle alla jusqu'à la benne, jeta dans le fond le récipient avec le poison et, par-dessus, le sac d'ordures. Un liquide s'échappait du sac recuit de chaleur, ça sentait mauvais, quelque chose d'acide.

Elle se frotta les mains l'une contre l'autre, mais cela n'aida qu'à propager l'odeur aigre. Elle fit demi-tour et rentra dans la cour, se dirigea vers la porte de la maison. Elle balaya du regard la façade et remarqua quelque chose qui attira son attention. Elle regarda la fenêtre au premier étage, la fenêtre de la chambre à coucher d'Anka. Et il lui sembla un instant que le rideau avait légèrement bougé. Derrière le voile transparent, il lui sembla entrevoir le contour vague d'une ombre.

Elle entra dans la maison. Se rendit dans la cuisine et se lava les mains dans l'évier. Elle les lava longuement, à fond, jusqu'à ce que l'odeur aigre ait été totalement éliminée.

34.

Mirela fut de retour au bout d'une heure. Elle gara la voiture dans la cour, donna un tour de clé dans la porte et entra dans la maison. Frane dormait encore, Bruna était assise à la fenêtre, au deuxième étage, et attendait. Elle vit Mirela entrer, sombre et pressée, un masque imperméable sur le visage. Elle entendit des bruits à l'étage inférieur, Mirela qui réveillait son mari et son fils. Puis elle entendit une conversation à voix basse, à peine perceptible. Elle tenta de toutes ses forces de distinguer ne serait-ce que des bribes de ces chuchotements. Mais elle n'attrapait rien : même elle, qui avait une ouïe exceptionnelle, elle ne pouvait rien entendre.

Frane se réveilla tard. Il se leva, rangea sa cravate et son costume noir dans l'armoire, jeta sa chemise, qui puait le tabac, dans la corbeille de linge sale. Il alla prendre sa douche tandis que Bruna commença à préparer le déjeuner. Elle éminça un oignon et de l'ail qu'elle mit à frire. Quand l'oignon fut vitreux et mou, elle réduisit le feu. Elle prit une grappe de grosses tomates rouges bien mûres, gonflées comme des cœurs-de-bœuf. Elle les coupa en morceaux, les jeta dans la poêle, y versa un peu d'eau et de l'huile d'olive. Pendant que le tout chauffait, elle ajouta de l'ail, du céleri et de l'origan à sa sauce. Au bout de quelques minutes, le parfum de la sauce embaumait la pièce.

Frane sortit de la salle de bains. Il s'approcha d'elle, la prit par la taille et posa sa joue contre la sienne. Il sentait la lotion d'après-rasage. « Ça sent bon », dit-il. Bruna posa sa main sur la joue rasée et l'embrassa. « Allez, va les chercher, dit-elle. Dis-leur que le déjeuner est bientôt prêt. » Frane relâcha son étreinte et fit comme elle l'avait ordonné. Restée seule, Bruna jeta des penne dans la casserole d'eau bouillante. Elle attendit qu'elles ramollissent, les égoutta, les remit dans la casserole et ajouta une noisette de beurre. Elle attrapa la sauce, la versa sur les pâtes et saupoudra de parmesan. Elle mit la table et plaça au centre la casserole avec le déjeuner, pour qu'il tiédisse un peu. Elle posa sur la table une carafe d'eau et du vin, au moment où les autres arrivèrent de l'étage inférieur. « Asseyez-vous, c'est prêt », dit-elle, et Frane prit place à table, retroussa ses manches, attrapa la louche et puisa dans le plat. Il a toujours aimé manger, pensa Bruna. S'il arrête la mer, il va vite grossir.

Et pendant que Frane se servait goulûment des pâtes et de la sauce, Bruna regarda Mirela. Mirela était assise à table, assombrie, elle gardait des traces visibles des agapes de la veille. Elle avait l'air de ne plus bien dormir depuis un moment. Bruna attrapa la louche, la plongea dans la casserole puis remplit tour à tour les assiettes de chacun : Slavko, puis le fils, encore une fois Frane, puis elle. Enfin elle attrapa l'assiette de Mirela et la servit copieusement. Et leurs regards se croisèrent.

À l'instant où Bruna déposa l'assiette devant elle, Mirela la regarda, puis elle regarda la casserole. Alors, à cet instant, pour Bruna, ce fut absolument clair comme du cristal.

Mirela sait. Ils lui ont dit.

35.

Quand Bruna s'est inscrite pour travailler à la cuisine de la prison, on ne lui a pas répondu positivement tout de suite. Une semaine a passé, puis une autre, la demande de Bruna s'est perdue quelque part dans les méandres de l'administration. Durant tout ce temps, Bruna a travaillé à l'atelier de menuiserie, en attendant que la réponse veuille bien sortir de son tiroir. L'administration a ruminé pendant deux semaines le sort qu'elle réservait à sa demande. Car ils savaient pourquoi elle avait été condamnée. Ils savaient qu'elle avait tué par empoisonnement. Et ils savaient que tout le monde dans la prison savait.

Finalement, ils ont accédé à sa demande. Et depuis lors Bruna travaille tous les jours à la cuisine. Elle pèle, elle coupe, elle frit. Elle se lève le matin à cinq heures. Elle se lève avant l'aube, mais ça ne la dérange pas, de toute façon elle dort peu, quand d'aventure elle dort.

Bruna fait la tambouille de la prison. Elle cuisine des petits pois, des pommes de terre, du chou vert et des lentilles, des saucisses, des pains de viande, des bâtonnets de poisson et du poulet. Elle mitonne à la cocotte, cuit à la vapeur ou à l'eau, pane, frit, braise. Elle se débat avec de mauvais ingrédients, des légumes pourris de va savoir quel fournisseur, de la viande congelée qui aura bien rapporté un dessous-de-table à quelqu'un. Elle se débat avec des bouts de restes de poisson indéterminables, des saucisses grasses et tendineuses, de la viande hachée insipide, des blancs de poulets engraissés chimiquement dans des camps de concentration pour volailles. Elle supprime les bouts filandreux de la viande, écarte les morceaux d'os écrabouillés dans le ragoût, élimine les pousses jaunies des légumes, les charançons dans les haricots secs, les bourgeons des pommes de terre. Elle lutte contre les germes, les tendons et la graisse et s'efforce de concocter un repas avec ce qu'on lui donne. Elle surveille que les pâtes ne soient pas trop cuites, que la panure soit dorée comme il faut, que les betteraves soient joliment coupées. Bruna cuisine, les détenues mangent. Et le fait que les détenues mangent ce qu'elle a cuisiné procure à Bruna une sensation de pouvoir enivrant, envoûtant.

Quand la pitance pénitentiaire est prête à servir, Bruna se met en retrait, elle laisse Vlatka et Mejra accomplir leur part. Sous le regard attentif de Bruna, les deux femmes transvasent le contenu de la marmite dans des bacs rectangulaires. Elles disposent les bacs sur le comptoir chauffé à la vapeur. Les détenues rappliquent et les femmes de salle remplissent les assiettes de nourriture. Les détenues emportent leurs assiettes jusqu'aux tables du réfectoire. Elles s'assoient, empoignent leurs cuillères, morcellent le pain en petits bouts qu'elles émiettent dans le ragoût. Bruna observe leurs têtes penchées en avant, leurs cheveux tirés qui découvrent leurs nuques. Elle les regarde couper du couteau, piquer de la fourchette, choper de la cuillère, enfourner dans leur bouche, leur gosier et leur ventre le déjeuner qu'elle a concocté. Ce qui advient par la suite, Bruna l'imagine. Elle imagine les particules de protéines et de fibres, de gluten, de phosphate qui circulent dans les corps, qui se disséminent dans le circuit artériel, qui voyagent et se logent dans les tissus et les cellules, dans la peau, les nerfs, les os, les poils. Quand elle prépare un roux, quand elle pane, quand elle rissole ou quand elle poivre, Bruna pense à la façon dont toute cette nourriture qu'elle pétrit, qu'elle rabat et sort du feu va aboutir dans les cils, dans les muscles, dans l'aine, dans la moelle osseuse. Pendant qu'elle cuisine, Bruna pense à cela. Cette pensée la grise. Aucun pouvoir – ni celui des surveillantes, ni celui des empereurs ou des papes – n'est aussi puissant et direct que le pouvoir de celui ou celle qui cuisine.

Bruna se souvient précisément du moment où elle a éprouvé pour la première fois cette sensation de pouvoir. C'était ce jour de septembre, le lendemain des obsèques d'Anka, dans sa propre cuisine, pendant qu'elle servait des pâtes avec une sauce de tomates fraîches à son mari et à sa famille. Quand Mirela posa sur elle ce regard où se lisaient l'horreur et la peur, Bruna ressentit un pouvoir nouveau, sans comparaison possible : le pouvoir de celui qui a concocté ce que vous allez vous mettre dans le museau et le gosier.

Car, ce matin-là, Mirela était revenue de l'hôpital. Elle s'était fait remettre le rapport de l'autopsie, on lui avait montré les résultats sanguins, des colonnes de chiffres parmi lesquels un sortait bizarrement du lot et insinuait un doute. Présentement, Mirela savait. Elle savait qu'elle se trouvait dans la cuisine d'une empoisonneuse. Elle savait qu'elle était assise à sa table, face au déjeuner qu'elle avait préparé, et qu'elle allait goûter à son repas. Et pas seulement elle, mais tous ceux qui lui étaient chers : son frère, son mari et son fils. Tous étaient sous le pouvoir de la cuisinière qui avait confectionné ce repas et qui avait pu mettre n'importe quoi dans la casserole.

Et Mirela fixait cette cuisinière droit dans les yeux, le regard plein d'horreur et de peur. Elle était face à cette assiette pleine, mais elle ne mangeait pas. Elle tournait sa fourchette dans son assiette, puis elle commença à manger, mais on aurait dit qu'elle avalait sa propre chair : elle mangeait lentement, à contrecœur, avec une répugnance indicible. Et tout en trifouillant dans son assiette, Mirela suivait des yeux chaque mouvement de Bruna, comme si elle se trouvait dans la même pièce qu'un serpent venimeux. Elle regardait son mari, son frère et son fils enfourner, mastiquer et engloutir avec délectation cette nourriture, et elle priait intérieurement que ce qu'elle avait devant elle, dans cette casserole chaude, ne soit qu'un banal plat cuisiné, et rien, absolument rien d'autre.

Après qu'ils eurent fini de manger, Mirela proposa à Bruna de faire la vaisselle, mais celle-ci opposa un refus net : elle n'avait pas envie que Mirela fourre son nez dans sa cuisine. Elle prépara du café pour tout le monde. Et quand le café fut prêt, Mirela dit à Frane : « Petit frère, il faut qu'on parle de quelque chose. » Elle sortit avec lui, et Bruna savait pourquoi.

Il ne restait plus que Slavko et elle dans la pièce. Slavko était assis dans un fauteuil, il buvait son café turc et fumait une cigarette. Bruna, rongée par la curiosité, lorgna par la fenêtre si elle voyait Mirela et Frane. Elle les aperçut, assis dans la cour, sur le petit banc près de la porte du garage. Elle ne pouvait entendre ce qu'ils se disaient car ils parlaient à voix basse. Frane se leva et secoua la tête négativement. Il se dirigea vers la maison. Il leva la tête vers la fenêtre et Bruna recula de crainte qu'il la voie.

Frane monta à l'étage et entra dans l'appartement. Il s'assit sur le canapé, l'air vaguement soucieux, agité. Bruna l'observa attentivement, et elle comprit : Frane n'y croit pas. Frane pense que tout cela, c'est une méprise, que ces colonnes de chiffres dans le rapport sont seulement le fait d'une erreur commise par le laboratoire. Il croit que sa femme a pris soin de sa belle-mère jusqu'au bout, fidèlement et avec dévouement. Frane est encore de son côté, chevalier blanc jusqu'au bout.

Les deux hommes étaient assis sur le canapé. Puis Slavko se leva et dit : « Je descends faire les bagages, on va partir dans l'après-midi. » Il écrasa sa cigarette dans le cendrier. Il se redressa de toute sa hauteur dégingandée et sortit de la pièce. Le seul inconscient de ce qui se passait vraiment.

Frane tourna son regard vers Bruna et il sourit doucement. Bruna lui rendit son sourire, vraiment et sincèrement reconnaissante.

36.

À l'époque – quand Anka était vivante et Frane en mer –, Bruna ouvrait la fenêtre le soir et contemplait la ville de là-haut, comme depuis le pont d'un navire. Après toute une journée remplie de draps et de gaze, de pommades et d'odeurs de sueur, elle se postait à la fenêtre et respirait la fraîcheur tranquille de la nuit et pensait à ce jour futur où elle commencerait à vivre normalement. Ce « normalement » avait quelque chose d'indéfini, mais à ses yeux il avait clairement un visage : Frane et elle, deux personnes disposant de deux salaires, d'un toit sur leur tête, et qu'on laisse vivre leur vie en paix. Frane et elle, et un long chemin de temps qui s'étend devant eux comme une bande monotone, jusqu'à la vieillesse et la mort. Un jour nous vivrons *normalement* – voilà ce que pensait Bruna. Ce jour où ils vivraient normalement était au bout de l'horizon comme une certitude vaguement lointaine mais indiscutable.

Ce jour était venu. Frane et elle commençaient leur vie *normale*.

Le lendemain des obsèques, Mirela et Slavko étaient repartis à Zagreb. Bruna et Frane restaient seuls, libres, dans une grande maison vide sur trois niveaux. Ils avaient devant eux deux mois de vie normale, après quoi Frane devrait retourner sur son navire, le *Jessica*.

Ils vivaient dans leur appartement à l'étage. Elle travaillait, lui tuait le temps, il s'occupait de l'administration pendant la journée et allait courir dans le bois de Marjan pour perdre des kilos. Après déjeuner, ils allaient se promener ou se baigner, profitant des faveurs de l'été indien qui cette année se prolongea loin en octobre. Le soir, ils allaient prendre un verre en ville, dans un des nouveaux bars à vin aux décors boisés qui avaient ouvert pour les touristes sac à dos. Ils dépensaient les émoluments de Frane sur le *Jessica*. Et ils continuèrent à dépenser ainsi durant les semaines suivantes, sachant que l'océan attendait de nouveau Frane.

Ils recommencèrent à faire à manger là-haut. Bruna réaménagea la cuisine et la remplit d'un tas de choses : elle acheta un presse-fruits, un mixer et un wok, compléta avec des épices, des herbes, des bocaux et des conserves de légumes. En fin de journée, elle s'y retirait et préparait à déjeuner pour le lendemain, pendant que Frane regardait les informations ou la retransmission d'un match de foot à la télévision. Dès la tombée du soir de ce mois d'octobre, elle s'attelait aux cuissons, aux marinades, aux panures, contente que sa maison soit remplie d'odeurs roboratives. La cuisine qu'ils avaient achetée neuve après la première mission de Frane perdait enfin son aspect artificiel. Elle commençait à prendre la patine de la chose usée, des petites taches de graisse, des écorchures, comme une cuisine qu'on utilise. Elle était de nouveau chez elle.

Comme il était désœuvré une bonne partie du temps, Frane lui proposa à plusieurs reprises de s'occuper lui-même du déjeuner dans la matinée. Mais Bruna refusa catégoriquement. C'est elle qui cuisinait, lui qui mangeait. C'était entre eux un pacte de confiance tacite.

Pendant tout ce temps, l'étage d'Anka resta fermé. Il attendait dans l'obscurité que la date d'audience pour le règlement de la succession soit fixée. Bruna y allait parfois seulement pour aérer. Elle entrait dans l'appartement où elle avait passé tant d'heures. Dans la pénombre, sous une pellicule de poussière, il avait l'air de n'avoir pas changé tout en étant un rien différent. Elle s'asseyait sur le canapé et elle regardait autour d'elle. Elle contemplait la cuisine, dorénavant vide et inutile comme avait pu l'être la sienne pendant tant de temps. Le placard dans lequel elle avait caché le poison. Les affaires de la morte çà et là déboîtées de manière absurde : les lunettes de lecture d'Anka, ses savates, ses médicaments. Son fauteuil roulant dans un coin de la pièce. La poussière tombait lentement mais inexorablement sur les choses. Les objets qui lui étaient si familiers perdaient peu à peu de leur couleur, ils se fanaient, viraient au gris. Comme si, après la mort de son occupante, la pièce elle-même était en train de mourir, elle s'étiolait sous ses yeux de manière posthume.

Bruna restait ainsi pensive dans l'appartement de la défunte, puis elle sortait de sa torpeur, fermait les fenêtres et verrouillait la porte derrière elle.

Il est temps qu'on ait une vie normale. Il est temps qu'on ait des minots – Frane lui avait dit cela le soir après les obsèques. Il avait l'air de le penser vraiment. Bruna le sentait plus entreprenant, ils faisaient l'amour presque chaque jour, spécialement quand elle avait sa période de fécondité.

Frane voulait qu'elle soit enceinte. Ce qui réconfortait Bruna, car cela lui faisait sentir que Frane lui faisait confiance. Mais Bruna ne voulait pas mettre au monde un enfant, pas là, pas maintenant, alors qu'une incertitude planait encore au-dessus de sa tête. Pendant un temps, elle esquiva les relations sexuelles les jours de fécondité, mais elle comprit que Frane finirait par trouver cela suspect. Le mois suivant, elle acheta des pilules contraceptives. Elle les prenait tous les jours, pour être sûre. Elle savait que Frane ne devait pas les trouver. Alors elle les planqua sous l'évier, à l'endroit où elle cachait auparavant la bromadiolone.

Cela dura ainsi quelques semaines. Frane et Bruna dormaient, mangeaient, prenaient du bon temps, baisaient. Ils parlaient des choses banales qui occupent les couples au quotidien : de politique, de sorties, de réparations et de courses à faire. Mais jamais ils n'évoquèrent la mort d'Anka et le résultat de l'autopsie.

Parfois Bruna épiait Frane quand il n'y prêtait pas attention. Elle essayait de lire sur son visage, dans un froncement du nez ou une ride sur son front, ce qui pouvait se passer dans sa tête. Qu'est-ce que Mirela lui avait dit ? Et qu'est-ce que Frane en pensait ? Jamais elle ne mentionna l'autopsie devant lui, jamais elle ne posa de question, cela aurait paru suspect. Frane, de son côté, n'en parlait pas. Si Mirela lui avait dit quoi que ce soit, apparemment il n'y croyait pas. Et si elle lui avait dit quelque chose, il le cachait à Bruna. Il ne veut pas d'embrouille, en conclut Bruna. Il ne veut pas que je déteste Mirela, que je pense qu'elle intrigue contre moi. Il se comporte de la même manière que quand il vivait dans cette maison entre les deux femmes. Il pense qu'il suffit de se taire, de ne pas s'expliquer, de ne pas chichiter, et le problème s'étiolera tout seul, il se rabougrira et disparaîtra de lui-même.

Or non. Bruna savait depuis le début qu'il ne disparaîtrait pas, elle le savait encore maintenant. Le problème allait rebondir, il allait revenir. Il finit toujours par revenir.

Et il revint. Il revint très vite.

37.

Les connaissances de Bruna en matière de police se résumaient à quelques films de détective qu'elle avait vus sans y prêter beaucoup d'attention. De cette expérience lacunaire, elle savait que les inspecteurs se mettaient à deux pour interroger les suspects. Pendant que l'un faisait dans l'injure et la menace, l'autre vous apportait un verre d'eau et vous encourageait à vous confier à lui. Il y avait le méchant et le bon policier, c'était le cliché.

Dans son cas, ça ne se passa pas comme ça. On la fit asseoir au deuxième étage de la criminelle, rue de Sukoišan, dans un bureau sombre et impersonnel qui ne se distinguait pas du secrétariat de la morgue municipale. Là aussi la pièce étouffait au milieu d'armoires en contreplaqué archibondées, héritées de l'époque de Tito. Là aussi toutes les surfaces planes débordaient de quantité de papiers, et sur chaque table – il y en avait trois en tout – le boîtier blanc sale et ventru d'un ordinateur éculé. Deux policiers se tenaient face à elle, mais il n'y avait pas un bon et un méchant. L'un et l'autre avaient l'air de bureaucrates désintéressés, fatigués, avec sur le visage une moue qui disait à quel point ils étaient convaincus de perdre leur temps. Ils avaient la quarantaine avancée, si bien que Bruna les imagina entrés dans la police après la chute du communisme comme jeunes cadres patriotes tout comme il faut. Les deux parlaient avec un fort accent ikavien, avec des voyelles courtes, comme s'ils venaient des anciens confins de l'Autriche, de Venise et de la Turquie ottomane. Kržel j et Maras, c'est ainsi qu'ils se présentèrent – mais au bout de quelques minutes, Bruna avait oublié qui des deux était Kržel j et qui était Maras.

Ils l'interrogèrent et elle répondit. Elle connaissait la

suite, elle était prête. Elle avait tant de fois égrené dans sa tête les questions auxquelles elle devait s'attendre, tant de fois affiné et répété les réponses. Elle savait qu'elle ne devait pas s'étaler, qu'elle devait répondre de manière claire, brève et concise, car tout débordement ne pouvait que conduire à des contradictions ou à des erreurs. *Oui*, *non* et *je ne sais pas* – c'est tout. C'est toujours vous qui faisiez la cuisine à la maison ? Oui. Y a-t-il quelqu'un d'autre qui préparait à manger ? Non. Aviez-vous remarqué quoi que ce soit d'étrange chez la défunte ? Non. Des hématomes, des petites hémorragies au niveau des yeux ? Non. Vous êtes sûre ? Si maintenant j'y réfléchis, peut-être, des petites hémorragies au niveau des yeux. Est-ce que vous aviez dans la maison de la mort-aux-rats ? Je ne sais pas. Avez-vous utilisé à quelque moment que ce soit de la mort-aux-rats ? Non. Savez-vous où était rangée la mort-aux-rats ? Non, je ne sais pas. Ou peut-être. Il y avait toujours des boîtes de produits chimiques dans la remise. Vous est-il arrivé d'ouvrir la remise dans la cour ? Oui. Une fois par mois, j'aérais et j'enlevais la poussière. Est-ce qu'il y avait de la mort-aux-rats ? Je ne sais pas. Est-ce que quelqu'un l'aurait enlevée de là ? Je ne sais pas.

La discussion progressait ainsi, rapide et froide, avec une série de questions en rafale et des réponses également en rafale. Krželj (ou bien était-ce Maras ?) posait la plupart des questions, pendant que l'autre tapait les réponses sur le clavier de l'ordinateur. De temps en temps ils échangeaient un regard et le premier – le moustachu, avec des cheveux noirs, probablement Maras – fixait Bruna et posait une nouvelle question. Quand avez-vous nettoyé la remise la dernière fois ? En juillet. La dernière fois que vous avez fait à manger pour la défunte, qu'avez-vous préparé ? Des asperges et des œufs. Vous avez préparé le repas dans la cuisine en haut ou en bas ? En bas. Toujours dans celle en bas. Et cela continuait : Bruna répondait, Maras hochait la tête et l'autre – probablement Krželj – tapait sur son clavier. Elle terminait une phrase et l'on n'entendait plus que le claquement des doigts sur les touches dans la pièce.

On va devoir prendre vos empreintes digitales, dit le moustachu. J'espère que ça ne vous pose pas de problème ? Bien sûr, pas de problème, répondit Bruna, sans montrer aucun signe de panique. Elle retroussa sa manche. Elle s'attendait à ce qu'on lui applique de l'encre sur les doigts. Au lieu de cela, un policier apporta un petit appareil blanc avec un écran transparent. Ils lui dirent de presser le pouce et l'index sur la plaque. Ce que fit Bruna. C'est bon ? demanda-t-elle. C'est bon. Merci. De rien. Je peux y aller ? Encore un petit moment. On a encore quelques questions, dit Krželj, et il s'assit face à son ordinateur.

Encore un instant. Un petit détail. On a quelque chose à vous montrer, dit le policier aux cheveux bruns. Un objet. Vous nous direz si vous l'avez déjà vu. Il tendit alors le bras sous la table et sortit un paquet enveloppé dans de la cellophane. Il en tira l'objet qu'il posa sur la table, face à Bruna.

« Avez-vous déjà vu ceci ? » demanda-t-il. Bruna regarda l'objet devant elle et ne pensa qu'à une chose : refréner à tout prix toute réaction physiologique. Il fallait qu'elle domine son corps, qu'elle s'empêche de pâlir – ou de rougir –, qu'elle refoule la sueur ou le mouvement de pupille qui vous trahit. Il fallait qu'elle soit de cire, sereine comme une sainte, alors qu'elle avait devant elle, posée sur la table des policiers, une boîte de bromadiolone.

« Avez-vous déjà vu ceci ? » répéta Maras, tandis que Bruna regardait la boîte sur la table. Elle ressemblait en tout point à celle qu'elle avait cachée sous l'évier. Elle avait la même étiquette, avec des lettres rouges et jaunes, la même silhouette sur fond noir d'un rat gris. Elle avait l'air tout aussi minable, comme si elle était déjà entamée, comme si elle n'était pas neuve.

« Vous ne m'avez pas répondu, dit le policier. Avez-vous déjà vu ceci ? » « Je ne sais pas, dit Bruna. Peut-être. Peut-être dans la remise, mais je ne suis pas sûre. » « Dans la remise, pas dans la maison ? » demanda le brun, et Bruna répondit. « Non, pas dans la maison. Ça, je pense que je m'en serais rendu compte. Je m'en serais forcément rendu compte. Non, pas dans la maison. »

« Merci, ce sera tout, dit le grand policier aux cheveux plus clairs assis à son ordinateur, avant d'envelopper la boîte dans son plastique et de la ranger soigneusement. Restez à notre disposition, on vous rappellera. » Et il lui tendit la main à la sortie.

Bruna se retrouva dans le couloir. Elle parcourut un peu hébétée ce couloir vide, éclairé par la lumière trouble d'un néon. Elle descendit au rez-de-chaussée où se pressaient des gens dans les files d'attente pour l'obtention d'un passeport ou d'un permis de conduire. Elle se faufila dans la foule et sortit par le portail vitré. Dehors, le ciel était encore clair, mais l'air était lourd et humide, il annonçait les premières pluies, la fin de l'été indien. Il faisait chaud, Bruna respirait à grandes goulées, mais elle avait du mal à récupérer. Elle s'assit sur un banc. Elle attendit que son organisme se calme, mais la panique ne faisait que grossir en elle. Bruna resta assise et tenta de nouer les fils entre eux, d'interpréter ce qui venait de se passer. Elle réfléchit à la boîte de raticide que l'inspecteur lui avait montrée, elle essayait de discerner s'il s'agissait d'une preuve, d'un indice ou tout bonnement d'un bluff.

Alors que des vagues de panique montaient et refluaient en elle, Bruna se leva et prit la direction de la maison. Elle y alla à pied, marcher lui fit du bien. Tant de bien qu'elle aurait voulu que le chemin jusqu'à la maison soit le plus long possible.

38.

Ce soir-là, Frane et elle firent l'amour. Quand ils furent allongés, plus tranquilles, Frane commença à lui caresser les fesses, à glisser ses doigts dans sa culotte. Au premier contact, Bruna se raidit, fit semblant de dormir, tout en sachant que cela ne changerait rien. Et cela ne changea rien. Sans rien dire, Frane grimpa sur elle, écarta une mèche de cheveux autour de son oreille, l'embrassa dans le cou puis creusa des genoux l'espace entre ses cuisses.

Bruna le laissa faire. Elle écarta les jambes, prit entre ses mains la tête de Frane dans son cou, le caressa et commença à feindre de soupirer, pour ne pas l'étonner. Au bout de quelques minutes, elle sentit le corps de Frane se contracter plus vite et frissonner. Elle attendit qu'il ait un orgasme puis elle feignit de haleter à son tour pour prévenir toute question indésirable.

Frane se retira d'elle et s'affala sur le dos. Il était allongé, il respirait doucement, lentement, et il la regardait. Bruna aussi le regardait. Elle le regardait et elle essayait d'esquisser sur son visage quelque chose qui ressemblerait à un sourire, un signe factice de satisfaction.

Autrefois ça lui plaisait. Il lui plaisait. L'odeur de son corps lui plaisait, son dos musclé, ses membres noueux.

Bruna resta longtemps éveillée, à attendre. Elle attendit que la ville s'apaise, que les bruits de la circulation s'estompent, que la lune perce à travers les volets et éclaire la chambre. Elle attendit que Frane s'endorme, que son souffle se tranquillise, que sa respiration devienne monotone et douce. Pendant ce temps, elle pensa à ce qui s'était passé ce matin dans le bureau de la police.

D'où avaient-ils cette boîte de poison ? Est-ce qu'ils auraient reconnu chimiquement le poison et ils se seraient procuré un autre paquet ? Auquel cas, comment se faisait-il que la boîte de poison soit vieille, qu'elle soit ouverte et entamée ? Et si c'était le poison qui était caché sous l'évier ? Si c'est ça, comment est-ce possible ? D'où l'ont-ils eu ? Et pourquoi des semaines plus tard ? Comment ont-ils pu le déterrer à la décharge ?

Bruna était étendue, complètement réveillée, et elle regardait les rais de lune se promener sur le mur de la chambre. Elle réfléchissait et ce faisant elle s'efforçait de chasser la panique. Ça ne peut pas être cette boîte. Ils n'ont pas pu trouver le produit qui a empoisonné Anka Šarić. Ce poison, elle l'a jeté à la benne, elle l'a jeté elle-même de ses propres mains.

Elle repassa encore une fois dans sa tête tous les événements de la matinée. Le téléphone a sonné. Tout le monde dormait dans la maison. Elle a trouvé le message de Mirela sur la petite table dans l'entrée. Elle a fait du café, mis la table pour le petit déjeuner. Préparé des toasts et du beurre. Elle a ouvert le placard sous l'évier. A emporté la boîte jusqu'à la benne. L'a jetée. A jeté le sac-poubelle par-dessus. Elle est rentrée dans la maison. Personne n'a pu aller récupérer cette boîte, sûrement pas la police, encore moins des semaines plus tard. Et tandis que Bruna s'encourageait ainsi, une toute petite lueur de doute demeurait dans sa tête, la dernière, qui troublait sa quiétude. Elle pensait au moment où elle avait jeté le poison dans la benne et avait rebroussé chemin vers la maison. Elle pensait à la fenêtre de la chambre d'Anka et au rideau qui peut-être – mais seulement peut-être – s'était écarté pour un instant.

Bruna pensait et elle savait par avance qu'elle ne dormirait pas de la nuit. Et demain le bureau l'attendait, toute une journée, huit heures de tableaux Excel, huit heures de colonnes de chiffres qui allaient lui brouiller la vue comme si elle était ivre. Elle avait terriblement besoin de dormir quelques heures et elle savait déjà que le sommeil ne viendrait pas.

39.

D'abord elle a entendu mugir le vent. Le sifflement menaçant des rafales, comme les soirs d'hiver là-bas en Dalmatie, quand la bora se fait sauvage. Après le vent est venue la pluie. Une averse, violente et soudaine, qui a commencé à tomber dru, qui a tambouriné sur les grilles de la prison, dans la cour de béton, sur le toit en fibrociment, sur l'auvent en tôle ondulée du parking. Le son de la pluie s'est vite métamorphosé en un boucan métallique qui l'a réveillée avant l'aurore.

Elle s'est réveillée et a posé les yeux sur la planche en bois du lit au-dessus d'elle. Dommage, pense-t-elle, elle aurait bien gratté une ou deux heures de sommeil en plus.

Elle reste un long moment dans le noir, les yeux dans le vide, à l'écoute, en espérant se rendormir. Puis un rayon de lumière grise et pâle pénètre par la fenêtre. Elle se lève, s'habille, se lave, elle noue ses cheveux, puis elle cogne à la porte pour appeler une gardienne.

En entrant dans la cuisine, elle voit la lumière allumée et la casserole pour la tisane sur le feu. Une odeur à peine perceptible de tabac flotte dans la pièce. Mejra s'est levée la première, elle est allée chercher les sacs de pains pour les mettre à l'abri de la pluie.

Elle la trouve à la porte des livraisons. Elle a mis au sec les sacs en papier et, ceci accompli, a allumé une cigarette. Elle fume et observe à travers la porte le ciel en train de fondre sur la terre. L'eau se déverse sur la plaine comme si elle devait ne jamais s'arrêter, comme si elle allait inonder la prison, la ville et la terre, engloutir à nouveau la Pannonie, comme à l'ère du pléistocène, du temps où il y avait la mer – comme on leur a appris à l'école. Bruna se tient debout à côté de Mejra, elle contemple la scène en silence. Elle frissonne. Elle a froid.

— Tu veux ? demande Mejra en lui tendant une cigarette.

Bruna ne fume pas. Mais là, dans le moment présent, avec ces trombes d'eau qui tombent, il lui semble que ce serait carrément une faute de refuser.

Elle se penche en avant et Mejra lui allume sa cigarette. Elle l'allume avec un briquet en argent avec un fer à cheval gravé dessus. Un briquet qui – d'après ce qu'on raconte – a appartenu au beau-père de Mejra. Son beau-père abusait d'elle depuis qu'elle avait douze ans. Il travaillait dans un centre équestre : de huit heures du matin à trois heures de l'après-midi, il aidait les enfants à monter sur des poneys, à se faire photographier en selle, et le soir il attirait sa belle-fille dans sa chambre. Et à l'âge de vingt-deux ans, Mejra a suriné son beau-père pendant son sommeil et mis le feu à la maison de trois étages au-dessus de son cadavre, à Podturen, à la frontière hongroise. Il paraît qu'au moment d'incendier la maison, elle n'a emporté que deux objets, tous les deux du beau-père : une ceinture et un briquet en argent. Il paraît aussi qu'elle a fait passer le briquet à l'intérieur de la prison planqué dans son fion. La ceinture, elle n'a pas pu. C'est interdit d'avoir une ceinture en prison, tu pourrais te pendre avec.

La maison était assurée et Mejra était la bénéficiaire de la police. Elle en a pris pour dix-sept ans. Le même délit que Bruna – article 91, chapitre 10. Le même délit, sauf que Mejra a pris plus cher. Mejra, c'est quand même une Tsigane.

La cigarette a un goût âcre et irritant, Bruna n'aime pas, c'est pour cela qu'elle ne fume pas. Elle se retient de tousser, aussi pour ne pas altérer la solennité paisible de l'instant. Elle attend que la clope se consume toute seule en contemplant l'aube qui perce à travers la couche épaisse de nuages. Elle commence à trembler de froid. Mejra s'en aperçoit. Elle jette son mégot dans une flaque et dit « Allons bosser ». Elles rentrent dans la cuisine.

Vlatka est là. Silencieuse, comme toujours, elle est penchée au-dessus de la casserole de tisane fumante. Elles la saluent. Vlatka, comme toujours, leur répond par un mot marmonné sans lever la tête. Vlatka n'a jamais brillé par son amabilité. Il n'est pas facile de l'aimer.

Elles déposent les sacs de pains. Mejra laisse ses cigarettes et son briquet sur le plan de travail et attrape le couteau électrique. Elle commence à couper les pains en tranches, et tout d'un coup sont profanés le calme et la solennité de ce début de matinée.

Bruna se lance dans la préparation du déjeuner. Merlu pané et blettes – c'est le menu présomptueux du jour. Sur le papier de la nutritionniste du ministère, ça sonne bien. Mais Bruna sait ce qui se cache derrière. Derrière, elle va devoir se battre avec des filets de poisson qui s'émiettent, au goût mauvais, congelés il y a une éternité dans un océan à l'autre bout de la planète. Elle va devoir se démener avec des longues lianes feuillues qui ne font penser que de très loin à des blettes.

Les mains pleines de farine et de chapelure, elle s'évertue à paner les tranches de merlu, puis elle se retourne. Mejra est en train de couper le pain. Vlatka verse la tisane – encore tiède – dans des cruches en plastique. La scène paraît innocente. Sauf que le briquet avec le fer à cheval gravé n'est plus sur le plan de travail.

Vlatka continue à s'affairer, la tête penchée, elle chantonne une chanson qui passe à la radio. Puis elle s'essuie les mains et se dirige vers la pièce de derrière, vers les toilettes. Bruna sait ce qu'elle a en tête.

Elle frotte la chapelure et la farine sur ses mains et lui emboîte le pas. Elle connaît la suite. Vlatka va cacher l'ustensile en argent dans un tiroir ou dans la poche d'une vieille blouse élimée. Quand Mejra verra que le briquet n'est plus là, Vlatka ne l'aura plus sur elle. Ce qui signifie qu'il y a cinquante pour cent de chances que ce soit Vlatka qui l'ait volé, cinquante pour cent que ce soit elle. Et si c'est du cinquante-cinquante, alors Mejra ne pourra rien faire. Si c'est du cinquante-cinquante, l'ombre du soupçon pèsera sur Bruna.

Vlatka entre dans le local à balais. Elle n'a pas remarqué que Bruna l'a suivie. Elle plonge la main dans sa poche pour en sortir le briquet, avec un air sournois et concentré sur le visage. On dit à la prison qu'elle a escroqué des dizaines de personnes à Zagreb en se présentant comme employée des HLM de la ville. Elle doit avoir un don d'actrice. Mais là, sans public, Bruna ne voit sur son visage qu'une vérité vulgairement banale.

Bruna l'empoigne par-derrière. Plus jeune, plus forte, elle n'a aucun mal à prendre le dessus sur la sexagénaire déjà voûtée. Elle l'attrape par la nuque et par une touffe de cheveux sur son front, et elle lui tape la tête contre le lavabo, une fois, deux fois. Il faut reconnaître une chose à la vieille : elle n'a pas poussé un cri. Et pourtant le sang s'est mis à goutter au niveau de l'arcade sourcilière et de la pommette et a tracé un sillon rouge dans le lavabo.

« Donne-moi ça, dit Bruna. Donne. »

La vieille fait un signe de la tête et lui tend le briquet sans un mot. Alors Bruna lui cogne encore une fois le front contre le lavabo – histoire de lui apprendre. Cette fois l'arcade de Vlatka éclate et éclabousse de sang le lavabo déjà pourpre. « Lave-toi », dit Bruna en lui lâchant les cheveux.

Elle retourne dans la cuisine. Pose le briquet sur le plan de travail à l'endroit où il était. Mejra est toujours occupée à couper le pain au couteau électrique qui ronfle de manière régulière.

Vlatka entre dans la cuisine derrière elle. Elle a réussi à stopper l'hémorragie et a ramené une mèche de cheveux pour masquer l'entaille sur son front. Elle jette un regard à Bruna. Un regard mutique et plein de haine. Bruna lui sourit avec mépris.

Elle reprend le travail. Pane un à un les pauvres

filets de poisson en même temps qu'elle réfléchit. Elle imagine la maison de trois étages à Podturen qui part en flammes. Elle imagine Mejra à côté, en train de contempler l'incendie, et une foule de gens qui s'agitent. Elle a les mains dans les poches et palpe du bout des doigts l'objet en métal froid avec son fer à cheval gravé dessus.

Le briquet est maintenant posé sur le plan de travail, là où Mejra l'a laissé. Quand elle en aura terminé à la cuisine, Mejra le remettra dans sa poche et l'emportera dans sa cellule. Elle continuera à s'en servir tous les matins pour s'allumer une tige, près de la porte ouverte des livraisons. Quand elle passera par une crise, elle le prendra dans ses mains, elle promènera ses doigts sur le fer à cheval rugueux. Elle l'a aujourd'hui, elle l'aura demain, et durant les dix-sept années qu'elle a en tout à tirer. Elle l'aura pour se souvenir. Se souvenir que c'est elle qui a eu le dernier mot.

À cette pensée Bruna sourit. Mejra l'a remarqué. « Qu'est-ce qu'il y a, la Dalmate ? De bonne humeur aujourd'hui ? » demande-t-elle.

Oh que oui, je suis de bonne humeur. Oh que oui, pense Bruna. Mais elle ne dit rien.

40.

Bruna avait été convoquée par la police pour la première fois mi-octobre. Elle croyait qu'après cela les choses iraient vite. Bizarrement, ce ne fut pas le cas. Pendant tout un temps, ce fut le calme plat.

Du côté de la police, personne n'appelait. Mirela était retournée à Zagreb et se tenait tranquille. Bruna et Frane se retrouvaient seuls dans cette grande maison vide de deux étages. Ils attendaient que la succession soit réglée. Frane cherchait assidûment un travail de bureau. Tous les soirs il grimpait sur elle pour mettre un enfant en route, et tous les soirs, avant de se coucher, Bruna s'éclipsait dans la salle de bains, sortait la boîte de pilules planquée sous le lavabo et avalait un comprimé avec un verre d'eau.

Elle profitait de l'accalmie. Mais elle savait que ce n'était qu'une accalmie.

Frane était tendre avec elle. Il lui était reconnaissant d'avoir porté sur ses épaules le fardeau de sa mère invalide. Il la trouvait toujours physiquement attirante, il la touchait tout le temps, lui ébouriffait les cheveux, glissait sa main sur sa taille, sur ses hanches, ses poignets. Durant cette période, Bruna était la seule à travailler. Il attendait qu'elle rentre du bureau, il avait préparé une jolie table, mis de belles assiettes, puis ils mangeaient un plat préparé par Bruna, ses recettes légères avaient fini par l'emporter sur la graisse, la pancetta et les roux d'Anka. Ils se satisfaisaient d'une assiette de blettes ou de fèves nouvelles à l'huile d'olive, de chicorée sauvage ou de pois chiches aux oignons, ils buvaient un verre de vin, et l'après-midi ils faisaient une longue promenade au bord de la mer. Frane était heureux. Bruna le regardait et l'enviait. Elle lui enviait cette absolue sérénité. Mais elle savait qu'elle ne durerait pas.

La police la rappela début novembre. Elle fut reçue dans la même pièce, par les deux mêmes, Krželj et Maras. Tout était identique, sauf l'atmosphère, très différente. La dernière fois, c'était de la pacotille, un travail de routine inutile mais inévitable. Là, c'était fini. Il y avait sur leurs visages quelque chose de nouveau, une ombre, une tension.

— On a reçu les analyses du labo, dit le brun. On a trouvé vos empreintes.

— Vous les avez trouvées où ? demanda-t-elle.

— On les a trouvées sur la boîte de poison, dit l'autre, aux cheveux plus clairs.

— Quelle boîte ? demanda-t-elle. Je n'ai touché à aucune boîte. Je ne savais même pas qu'on avait une boîte de poison.

— On les a trouvées sur la boîte, répéta Maras.

— Je ne sais pas de quelle boîte vous parlez, répéta-t-elle.

— On les a trouvées sur la boîte que vous avez jetée ce matin-là à la poubelle.

Présentement, Bruna était assise sur une chaise dans un bureau anonyme de la police. Elle fixait les tas de dossiers et de classeurs rangés en vrac dans le dos des policiers. Elle fixait ce désordre total et elle se disait qu'elle devait contrôler son corps, lequel laissait exploser une flopée de signaux qui la trahissaient : le visage qui rougit, la sueur qui vous glace et le cœur qui cogne à tout rompre. En cet instant, Bruna savait que c'en était fait.

Slavko l'avait vue. Ce matin-là, il s'était réveillé tôt, probablement accablé d'une migraine causée par le mauvais vin de Davor. Il avait entrebâillé le rideau, sans doute pour voir si la voiture de Mirela était là. Et il l'avait vue elle. Il l'avait vue sortir dans le jardin au petit matin, aller jusqu'à la benne et y jeter une boîte métallique. Puis Mirela était rentrée de la morgue, avec le résultat de l'autopsie. Alors Slavko lui avait raconté ce qu'il avait vu. Et c'est Mirela qui s'en était chargée – elle, pas Slavko, il était trop trouillard pour ça. Elle était allée jusqu'à la benne. Elle avait enfilé des gants en caoutchouc ou un sac en plastique. Elle était allée fouiller dans la benne et elle était tombée sur la boîte de bromadiolone sous un tas de raclures puantes à cause de la chaleur. Elle l'avait sortie de la poubelle délicatement, en prenant soin de ne pas effacer les empreintes. Elle l'avait cachée quelque part, probablement dans sa voiture. Et elle avait appelé la police pour lui faire part de sa découverte.

Mirela a tout le temps su. Quand elle était assise dans sa cuisine et qu'elle mangeait ses pâtes en sauce avec toute la famille. Quand elle discutait avec Frane dans le jardin.

Quand ils ont lancé la procédure de succession. Pendant tout ce temps, Mirela avait dans sa manche cette boîte fatale.

Bruna était assise dans le bureau des policiers. Elle avait face à elle ces deux hommes qu'elle croisait en ville peut-être encore récemment, dans un bus ou un magasin, sans que leurs visages lui disent rien. Maintenant elle connaissait leur nom. Maras, c'était celui aux cheveux noirs, plus grand, plus costaud, à la moustache soignée, un air de vieux patriarche. Kržel j avait les cheveux plus clairs et en bataille, il était plus maigre, plus silencieux. Il avait l'air insidieux du bureaucrate taiseux. Un tapinois – c'est comme ça que sa mère appelait les types de son espèce. Un tapinois – un qui se tait puis qui te plante un couteau dans le dos. Bruna sentit soudain qu'elle nourrissait contre eux une colère inhabituelle, hautement inflammable.

— C'est un coup monté, dit-elle. C'est elle qui a manigancé ça. Ma belle-sœur.

— Qu'est-ce qui est un coup monté ? demanda le policier.

— Tout ça, là. Les empreintes.

— Comment ça ? dit alors le taiseux Krželj. Comment ça un coup monté ? De quelle manière ?

Bruna se tut car elle n'avait aucune réponse intelligente à opposer.

— Madame Šarić, dit Maras, voilà ce que je vous propose. Vous allez passer un polygraphe.

— Qu'est-ce que c'est, un polygraphe ? demanda-t-elle.

— C'est ce qu'on appelle communément un détecteur de mensonges, intervint Krželj.

— Ça ressemble à quoi ?

— On vous relie à un appareil. Et on vous pose des questions. Et vous répondez. La vérité, évidemment.

— Je dois absolument faire ça ? demanda Bruna. C'est obligatoire ?

— Vous n'êtes pas obligée. On ne peut p vous forcer.

— Je peux refuser ? demanda-t-elle.

— Vous pouvez. Mais je ne suis pas sûr que ce serait très intelligent de votre part.

Bruna les regarda. D'abord l'un, puis l'autre, et elle eut alors une impulsion qu'elle était incapable de contrôler. Elle ne voulait plus être là, dans ce trou hostile, pas même une seconde de plus.

— Messieurs, je vais rentrer chez moi, dit-elle.

— Vous vous rendriez service si vous acceptiez, dit Maras.

— Non.

— Vous n'avez rien à craindre, si vous n'êtes pas coupable.

— Non.

— Vous allez seulement vous compliquer la vie.

— J'ai dit non.

Un instant de silence. Maras regarda Kržel, qui regarda Maras, comme s'ils concluaient ensemble que c'était terminé pour aujourd'hui.

— Merci beaucoup, dit Kržel en se levant de table, sans tendre la main à Bruna. Merci pour votre collaboration. Et on se revoit bientôt.

41.

Le jour où ils prononcèrent devant le père Pavo, à l'église Saint-Cassien, les mots « jusqu'à ce que la mort nous sépare », Frane et Bruna pensaient l'un et l'autre qu'ils auraient une vie simple et paisible. Ce n'est pas ainsi que ça s'est passé. Ils n'auront pas attendu de vieillir ensemble. Ils ne seront pas devenus un de ces vieux couples qui vont dans les parcs bras dessus bras dessous en traînant de vieux sacs. Ces époux qui se ressemblent tellement après plusieurs décennies qu'on dirait les deux faces rugueuses d'un même cep de vigne.

Bruna et Frane sont quand même restés trois ans ensemble. Trois années qui ont largement suffi pour qu'elle sache à peu près tout de lui. Elle a appris à connaître ses moments de somnolence, ses ronflements, ses problèmes de digestion et ses coupures quand il se rase, la géographie de ses grains de beauté, de ses cicatrices et de ses taches sur la peau. Elle connaissait ses sautes d'humeur, qui étaient rares, prévisibles et sans danger, comme un coup de tabac sur un lac. « Il est flegmatique », disait-elle à Suzana. Dans le monde de Suzana fait de passions mélodramatiques tirées des soaps à la sauce latino, cela faisait un peu repoussoir. Pas pour Bruna. Bruna aimait le caractère égal et prévisible de Frane, qui ronronne comme le diesel bien réglé d'un tracteur. Frane riait rarement, s'énervait rarement, se mettait en colère encore plus rarement.

Un jour, pourtant, il fut vraiment en colère. C'était la première fois qu'elle le voyait dans une telle colère.

Il était en train de faire ses bagages. Il avait dans l'après-midi un vol pour Schiphol sur Austrian Airlines avec une étape à Vienne. Son billet d'avion imprimé était posé sur la tablette à côté du téléphone, avec son billet InterCity néerlandais et sa réservation à l'Accor Hotel de l'aéroport d'Amsterdam. Frane repartait. Il retournait pour trois mois sur le *Jessica*, son périple le conduisant de Rotterdam à St. John, Santos, Melilla, Alexandrie et Trieste. Et Bruna avait trois mois à passer dans la maison d'Anka, maison où elle resterait seule, dernier gardien à veiller sur le vide.

Frane tournait de long en large dans la maison comme une âme en peine. Il contenait sa mauvaise humeur derrière un masque. Il ouvrait et refermait les placards, fourrait du linge dans son sac de voyage, des pantalons, des chaussures d'été et d'hiver, un pull – des vêtements pour deux hémisphères, deux saisons, l'Arctique et l'équateur. Il entassa tous ses vêtements dans son sac et finit de le remplir avec différents menus objets. Une ceinture, un chargeur de téléphone, son ordinateur portable. Une batterie de rechange pour l'ordinateur, une caméra pour l'ordinateur. Bruna fixa avec dépit la caméra, rangée en haut de la pile. Pendant trois mois, c'est à travers cet œil, à des milles de distance, qu'elle échangerait avec Frane, cet autre Frane pixellisé.

— Pourquoi ? dit-il, en colère.

— Pourquoi quoi ?

— Tu sais très bien.

— Frane, stop. Arrête, s'il te plaît.

En trois ans, c'était la première fois qu'elle entendait des reproches de sa part.

— Tu aurais dû passer ce détecteur de mensonges, après quoi c'était terminé. L'affaire était bouclée.

— Frane, tu sais très bien pourquoi.

— Non, je ne sais pas. Je ne sais pas pourquoi tu ne l'as pas fait.

— Je ne l'ai pas fait par principe. Parce que je veux qu'on me croie.

— Moi je te crois.

— Alors pourquoi ? Pourquoi ce polygraphe ?

Frane se tut. Il se tut parce qu'il ne pouvait pas lui donner la vraie réponse, à savoir : c'était à cause de Mirela. Mirela qui la soupçonnait de meurtre. Qui avait remis à la police cette boîte qui portait les empreintes de Bruna, va savoir depuis quand et comment. Mirela qui menaçait de porter plainte, qui proclamait qu'elle allait s'opposer à la succession. Bruna savait que Frane et Mirela se parlaient discrètement. Elle savait que Mirela lui avait dit qu'elle ne signerait l'acte de succession que s'il se séparait de Bruna. S'il divorçait, alors un étage reviendrait à chacun, un pour le frère et un pour la sœur, comme l'homme qui était mort à Kelheim l'avait imaginé autrefois. S'il ne divorçait pas, Mirela irait jusqu'au bout pour obtenir justice, elle la ferait jeter en prison et elle le priverait de l'héritage. Mais Bruna savait aussi que Frane était de son côté. Frane la croyait. Et il la croirait encore plus si elle acceptait ce polygraphe.

— Fais-le, lui dit-il, pour qu'on ait la paix en famille.

— On a la paix, dit-elle. Moi, j'ai la paix.

— Moi pas, dit-il en refermant le zip de son sac de marin. Et j'aimerais bien l'avoir.

— Et si jamais il se trompe ? Si le polygraphe se trompe ?

— On y pensera à ce moment-là.

— Et moi, j'y pense maintenant.

Ils se disputaient en boucle en même temps que Frane finissait de se préparer. Il tassa son blouson d'hiver dans son sac, recompta les devises qu'il emportait, rangea ses billets, son livret matricule et son passeport. Referma son sac. Il était temps qu'elle le conduise à l'aéroport.

On était en novembre. Un temps gris et lourd, présage de pluie, pesait sur les faubourgs de la ville. D'épais nuages venus du sud s'amoncelaient au-dessus de la baie et des îles. C'était un de ces jours où le monde vous paraît particulièrement laid. Pendant qu'ils roulaient entre les voies de triage, les cimenteries, le vieux chantier de déconstruction navale et l'aciérie en ruine, Bruna observa Frane du coin de l'œil. Frane regardait droit devant lui sans ciller, comme s'il y avait quelque chose d'essentiel à cerner à travers les gouttelettes. Frane livrait difficilement ses émotions. Mais Bruna sentait qu'il était en colère, et cette colère se découvrait par des petits signes qui la trahissaient.

Ils arrivèrent à l'aéroport. Ils entrèrent dans le hall des départs. Frane attrapa son bagage et se plaça dans la file d'attente d'un comptoir. « T'as pas besoin d'attendre », dit-il. Bruna ne réagit pas, alors il répéta : « T'as pas besoin d'attendre. » Et il lui fit au revoir de la main, installé dans sa file, sans l'embrasser, sans la prendre dans ses bras. Bruna le regarda. Et quand elle tira la conclusion que c'était bien ça, elle sortit du bâtiment. Elle ne le regarda pas quand il passa le contrôle des passeports, n'attendit pas pour lui adresser un geste de la main à travers les portes vitrées du terminal. Elle ne grimpa pas sur la plateforme supérieure pour assister au décollage. Elle s'assit dans sa voiture et rentra à la maison, tandis qu'un crachin irritant commençait à tomber sur Kaštela. La pluie coulait sur la baie, les voies ferrées, le port, la zone industrielle et les petits ports de plaisance attendant la saison touristique nouvelle. Ça tombait de plus en plus fort et Bruna roulait vers la ville dans la grisaille de plus en plus grise.

Frane allait naviguer durant trois mois, le Canada, le Brésil, l'Égypte, et puis l'Adriatique. Trois mois. Et puis il reviendrait. Il serait de retour pile pour la semaine des Cendres, pour l'anniversaire du décès de son père. Juste à temps pour le règlement de la succession.

La pluie tombait de plus en plus fort et Bruna roulait. Elle finit de traverser la zone industrielle et Split apparut face à elle, de l'autre côté de la baie, comme une baleine flasque et morte. Elle avait devant elle une ville grise et vide, une maison vide et trois mois sans Frane. Il y a quelque temps, cette perspective l'aurait plongée dans le désespoir. Mais là, non. Pour l'heure, sans Frane, les choses seraient moins compliquées.

42.

Bruna passa les semaines suivantes seule dans la citadelle d'Anka. Elle se réveillait dans la maison vide et écoutait les bruits qu'elle produisait : le glougloutement des canalisations, le bourdonnement du congélateur et du surpresseur au rez-de-chaussée. L'œuvre d'Anka la saluait à chaque matin d'un jour nouveau.

Bruna se levait, se lavait, partait au travail, rentrait du travail. Elle passait le plus clair du temps à l'étage supérieur comme dans la tour d'une sentinelle. De là-haut, elle voyait par la fenêtre le jardin d'Anka, désormais vide et délaissé. Les pluies avaient déposé une quantité de branches et de boue sur le chemin dallé. La pelouse était recouverte de feuilles rouges. Des feuilles pourries et des mottes de terre détrempées avaient bouché les évacuations et des flaques d'eau crasseuse s'étaient formées dans la cour. La haie du jardin poussait n'importe comment, des outils qui avaient été oubliés luisaient dans la pluie. Depuis la mort d'Anka, plus personne ne s'occupait du jardin, Bruna moins que quiconque. Tant que la succession n'était pas réglée, le jardin n'appartenait à personne. Bruna savait que Mirela serait furieuse si elle y posait un bout de pied.

Pour la même raison, Bruna ne descendait plus dans l'appartement d'Anka. Tant que Frane était là, elle allait l'aérer tous les vendredis. Depuis qu'il était parti, l'appartement était mort, réduit au silence. Parfois Bruna pensait aux changements qui devaient s'y produire. Les piles dans les appareils qui s'usaient et expiraient les unes après les autres. L'horloge murale avait dû s'arrêter, elle ne battait plus. Le frigo débranché et vide, ses entrailles envahies de toiles d'araignée. L'odeur de nourriture évanouie pour laisser place à une odeur de croupi et d'abandon. Il devait y avoir encore plus de poussière. La poussière avait dû s'accumuler et tout recouvrir : la cuisine, les tables, le sofa capitonné, les lunettes d'Anka, son fauteuil roulant et son dentier sur sa table de chevet.

Ainsi Bruna vivait dans la maison de la défunte. Elle partait en catimini à son travail et rentrait de même le soir. Elle filait dans les escaliers sans allumer la lumière. Elle ne s'arrêtait pas dans le jardin. Elle s'efforçait de vivre comme un fantôme invisible. Ce n'est que le soir, quand tout devenait calme, qu'elle allumait la télévision, allumait la lumière, branchait le toasteur, le réchaud, le mixeur. Elle se préparait à dîner, posait sur la table en merisier une seule et unique assiette et mangeait.

Frane et elle échangeaient par Skype, comme toujours. En fonction du méridien et du fuseau horaire, elle allumait l'application au milieu de la nuit et discutait avec lui. Et comme toujours, quand il était en mer, Frane paraissait amaigri, mélancolique. Mais il n'était plus en colère contre elle. Il n'évoquait plus la police ni le détecteur de mensonges. Il montrait une tendresse nouvelle, comme s'il savait qu'il l'avait blessée. Il parlait d'avenir, d'enfants, de crédits. Il parlait et Bruna hochait la tête en silence, sans le contredire.

Un matin, un bruit inhabituel réveilla Bruna. Elle entendit le crissement de roues sur le gravier puis le claquement de portières. Bruna se leva. Elle alla jusqu'à la fenêtre et vit dans la cour la voiture de Mirela et de Slavko. Elle les suivit du regard, dissimulée derrière les rideaux. Slavko ouvrit le coffre et déchargea leurs affaires. Le fils de Mirela tapotait sur son téléphone. Mirela alla vers la maison. Pendant qu'elle s'approchait, son regard se porta vers le deuxième étage et Bruna s'écarta de la fenêtre.

Il était huit heures moins vingt. Le temps pour Bruna de se préparer à partir au travail. Elle ne se doucha pas, ne se brossa pas les dents, pour ne pas ouvrir l'eau et ne pas faire de bruit dans les tuyaux. Elle se lava à sec à la main, s'habilla, enfila des chaussures puis s'arrêta pour épier les sons à l'étage du bas. On entendait des pas et la voix du garçon. Puis les bruits diminuèrent. Lorsque le moment lui parut propice, Bruna attrapa son anorak et son sac et dévala en silence les escaliers.

Au bureau, Bruna passa la matinée à calculer la restitution d'acomptes de taxes pour un magasin d'appareils de climatisation. Elle avait devant elle des papiers, l'écran de son ordinateur, et à l'écran un document

Excel ouvert. Et pendant que des colonnes de décimales défilaient sous ses yeux, Bruna pensait à ses nouveaux colocataires. Mirela était venue. Il n'y avait pas de raison pour qu'elle ne le fasse pas : la moitié de la maison était à elle. Elle venait marquer son territoire, faire pipi sur sa propriété, prendre date, pour rappeler à Bruna ce que toutes les deux savaient. Pour lui rappeler qu'elle prenait ses aises sur la propriété d'autrui.

Après son travail, Bruna retarda le moment de rentrer, elle déambula en ville, fit des courses, conclut sa promenade par un café et une pâtisserie. Quand elle fut de retour à la maison, il faisait déjà très sombre. Elle traversa la cour en silence. Passa près de la fenêtre ouverte au rez-de-chaussée, il y avait de la lumière. Elle vit Slavko affalé sur le canapé en train de regarder la télévision. Elle ne vit pas Mirela. Elle aimait mieux que ce soit ainsi.

Elle grimpa jusqu'à son étage et ouvrit la porte. Elle hésita un moment à allumer la lumière, mais décida qu'elle ne pouvait pas passer toute la soirée dans le noir. Elle alluma, se prépara des œufs au plat et mangea. Elle s'installa sur le canapé avec un livre quelconque, mais elle était incapable de se concentrer. Elle tendait l'oreille en permanence en direction du rez-de-chaussée, au moindre écho, au moindre son de la télévision, aux bruits de lavabo et de chasse d'eau. Puis les bruits s'estompèrent et Bruna alla se coucher – il était bien plus tôt que d'habitude.

Au matin, un ronflement furieux réveilla Bruna. D'abord elle n'aurait su dire ce que c'était, puis elle réalisa : l'aspirateur. Mirela passait l'aspirateur dans l'appartement d'Anka, elle chassait la poussière, nettoyait la crasse dans les coins. Elle se leva et jeta un coup d'œil par la fenêtre. Des rideaux qui venaient d'être lavés étaient étendus dans la cour. Laquelle avait été balayée, les caniveaux avaient été débouchés, les feuilles mortes évacuées au jet d'eau. La cour avait à nouveau son maître.

Cette fois, Bruna ouvrit l'eau, se doucha, se lava. Elle se prépara pour aller à son travail et puis, quand elle fut prête, elle attendit. Elle attendit que le bruit de l'aspirateur faiblisse, qu'il s'éloigne de la porte donnant sur l'escalier. Quand elle pensa que le risque de croiser sa belle-sœur était minimal, elle se lança dans l'escalier. Elle arriva à la hauteur de la porte d'Anka, et c'est alors que la porte s'ouvrit. Mirela était là.

Mirela avait en main une sorte de serpillière, un bout de tissu blanc qu'elle sortait épousseter. Bruna n'aurait su dire si leur rencontre était due au hasard ou si Mirela la guettait, la serpillière n'étant qu'un mauvais prétexte. Pour l'heure – alors qu'elles se fixaient les yeux dans les yeux – ça lui était franchement égal.

Mirela avait vieilli en quelques mois. Elle avait les cheveux défaits, on voyait clairement les racines grises sous la teinture noire. Sans maquillage, sans rouge à lèvres, elle avait l'air desséchée, sombre et vieille. Elle avait sept ans de plus que Bruna, mais n'importe qui lui en aurait donné quinze de plus.

Mirela se tenait à la porte avec sa serpillière, elle regardait Bruna, et Bruna lui retournait son regard, d'abord timide et mal à l'aise, puis soudain résolu et hardi. Tu sais, pensa Bruna. Tu sais, et je sais que tu sais. Et tu sais que je sais que tu sais. Elles se regardaient ainsi dans les yeux, puis Mirela parla.

— Tu crois que ça va se passer comme ça, dit-elle.

Bruna garda le silence.

— Mais non, dit Mirela. Tout le monde va le savoir.

Bruna continuait de se taire et mesurait la distance qui séparait Mirela du haut des marches.

— Tout le monde va savoir ce que tu as fait. Tout le monde. Et lui aussi.

— Malade ! Complètement malade ! souffla Bruna, puis elle se lança et dévala la dernière volée de marches.

Espèce de folle ! cria-t-elle encore depuis la cour, en espérant que quelqu'un – Slavko ou les voisins – l'entende clamer son innocence.

Puis elle s'échappa au coin de la rue et fonça vers son travail.

Ce soir-là, elle resta tard au bureau, le plus longtemps possible. Puis elle divagua en ville malgré la pluie et un vent désagréable. Il était plus de neuf heures quand elle rentra à la maison. Elle vit avec soulagement que la maison était plongée dans le noir et que la voiture de Slavko n'était plus là. Ils étaient partis, jusqu'à la prochaine fois.

43.

Le lendemain, Suzana l'appela. Elles se donnèrent rendez-vous et se retrouvèrent pendant la pause, dans un des cafés qui dominent le petit port de plaisance. La bora soufflait. Le vent vagabondait entre les vergues, les mâts, les guinderesses et les étais, le port geignait et fumait comme des orgues monstrueuses. Le café, lui, était étonnamment agréable, il sentait la vanille et la cannelle. Depuis un certain temps, Bruna trouvait tous les endroits plus agréables que sa maison.

Suzana et elle se voyaient de moins en moins souvent. Pendant la période où Bruna avait porté son fardeau, Suzana traversait elle aussi un moment difficile. Elle avait obtenu de suivre une spécialisation à Zagreb et avait dû laisser à Split un mari et un enfant de onze mois. Pendant deux ans, elle avait préservé son couple en prenant le bus de nuit. Elle s'éreinta ainsi jusqu'à ce qu'elle trouve un emploi chez un grossiste en produits pharmaceutiques. Son enfant avait un léger trouble du spectre de l'autisme et n'avait commencé à parler qu'à l'âge de quatre ans. Dans l'intervalle, son mari avait eu une aventure avec la déléguée de branche de son syndicat.

Pour sauver leur mariage, Suzana avait avalé la saloperie et l'avait laissé revenir. Suzana, qui avait toujours vécu dans le monde des télénovellas, s'était réveillée tout d'un coup au milieu d'un couple aigri et asséché, qui ne tenait plus que par nécessité, pour des questions d'argent et d'enfant vulnérable.

Quand Suzana apparut à la porte, Bruna fit un effort pour masquer sa stupeur. Suzana avait les cheveux en fouillis, elle avait grossi de cinq kilos. Elles se prirent dans les bras et s'embrassèrent, commandèrent des cafés et pendant tout ce temps Bruna pensa qu'après des années de lutte acharnée, et après tout le monde, sa Suzana elle aussi avait fini par rendre les armes.

Quand leurs cafés furent servis, Suzana la regarda. Il y avait dans ce regard un point d'interrogation, une dose de mystère que Bruna ne lui connaissait pas.

Suzana lui fit le détail de ses histoires familiales. Oui, Dinko allait *presque* bien, quelques crises par-ci par-là, il devait entrer à l'école l'année prochaine. Mario s'était calmé, il avait reconnu son erreur. Ils se parlaient à nouveau. Il avait arrêté de batifoler. C'était même tout le contraire. Il passait ses journées sur le canapé à zapper entre les chaînes de télé à la recherche de matches de foot. Suzana sourit : « L'Atlético, Chelsea, Schalke, Arsenal – c'est devenu ça, mes après-midi. Voilà ce qu'est devenu mon mariage. »

Bruna lui donna des nouvelles de Frane – comment il avait l'air sur Skype, quel temps il avait dans l'Atlantique, quelles étaient les prochaines étapes de son trajet. Pendant que Bruna énumérait les ports de Nouvelle-Écosse, du Maghreb et du Levant, Suzana hochait la tête, mais son visage avait toujours cette expression circonspecte et suspicieuse. Comme si elle voulait dire à Bruna : je sais que tu as autre chose à me dire. Finalement Suzana se mit à parler.

— Il faut que je te dise quelque chose. Quelque chose de très désagréable. Quelque chose que j'ai entendu de personnes qui l'ont entendu d'autres personnes. Bref, j'ai entendu dire que Mirela raconte sur toi des trucs horribles.

Bruna se taisait. Suzana se tut elle aussi, comme pour soupeser dans quelle mesure la phrase suivante allait faire mal.

— Mirela, poursuivit Suzana, raconte que tu as empoisonné la vieille Anka. Elle raconte ça à tout le monde. Elle balance sur toi des mensonges horribles.

Bruna resta un temps sans réagir. Puis elle répondit.

— J'ai entendu dire. Elle a raconté ça aussi à Frane.

— Et Frane, il a dit quoi ?

— Il a dit qu'il ne la croyait pas.

— Et c'est tout ?

— Oui, c'est tout.

— Moi, je lui aurais balancé une beigne. Je lui en aurais collé une pour parler comme ça de ma femme. Pour parler de toi comme ça.

Mais Frane ne lui a pas collé une beigne, pensa Bruna. Il était parti. Simplement parti, ce qui signifiait que c'était une chiffe molle. Ou alors ça signifiait autre chose : que pour une part, même pour une part infime, il la croyait peut-être.

Elles se quittèrent autour de midi. Alors que le vent se renforçait, Bruna alla marcher en bord de mer, entre les cales sèches et les voiliers sous bâche. La bora frétillait entre les mâts et les câbles métalliques, le port dégageait une vieille odeur rance de graisse anti-coquillages.

Bruna réfléchissait tout en marchant. Elle réfléchissait à ce que Suzana lui avait raconté. Comment elle avait entendu dire que des personnes avaient entendu dire d'autres personnes. Et pendant qu'elle réfléchissait, un sentiment d'horreur l'envahissait et la glaçait.

Elle entendait son nom courir en ville porté de

bouche en bouche par les ragots. Elle essayait d'imaginer la ménagerie des mégères à tête fouineuse, le moloch effrayant en train de colporter la rumeur pas piquée des vers, au café, au téléphone, sur Twitter et Facebook. Elle imaginait une hydre avec ses centaines et ses centaines de têtes connues et inconnues qui la ruminaient dans leur gueule en ce moment même et propageaient comme un virus la nouvelle légende urbaine : *Tu imagines, non mais, j'te jure, mon Dieu, c'est pas croyable. La vieille Šarić, c'est sa belle-fille qui l'a empoisonnée.*

Et là précisément, à l'instant où elle quittait le port et se dirigeait vers son bureau, cette légende se répandait partout, par le fil et par les airs, comme la caulerpe, la peste ou Ebola. Impossible de savoir dans quelle mesure. Elle marcherait dans la rue, elle irait à son travail, elle irait faire les courses, et jamais elle ne saurait, parmi tous ces gens qui la saluent aimablement d'un signe de tête, qui la servent au magasin ou au café, qui la croisent dans le quartier, quels sont ceux qui ont été initiés à ce secret collectif. Bruna était furieuse et dégoûtée rien que d'y penser.

Elle arriva à son travail vers une heure de l'après-midi. Elle se dévêtit et rangea son sac dans son casier. Le bureau paraissait parfaitement tranquille et innocent. Les employées étaient installées chacune dans leur box, absorbées par les colonnes de chiffres défilant sur l'écran de leur ordinateur. Dans la pièce voisine, quelqu'un discutait sur son portable. Alors la patronne de l'agence passa la tête à la porte de son bureau vitré et lui fit signe de la main. « Bruna, viens voir, s'il te plaît. »

Elle entra dans le bureau et referma la porte. Sa patronne ne lui proposa pas de s'asseoir.

— Des policiers sont venus aujourd'hui, dit-elle. Ils ont demandé après toi.

— Qu'est-ce qu'ils voulaient ?

— Ils voulaient ton ordinateur. Ils l'ont emporté.

Bruna ne dit rien. Elle savait y faire désormais : elle devenait experte pour accueillir les mauvaises nouvelles sans montrer aucun signe.

— Qu'est-ce qui se passe ? demanda sa cheffe. Il y a un problème ?

— Non, il n'y en a pas.

— C'est sûr ?

— Oui, c'est sûr. Il n'y en a pas.

— Bien. Alors tant mieux.

Bruna sortit du bureau en tâchant de ne pas flageoler. Elle entra dans son box. Jeta un coup d'œil sous la table. À l'endroit où il y avait auparavant son ordinateur, c'était maintenant un grand vide. Il n'y avait plus qu'un paquet de câbles morts et déconnectés qui pendait.

44.

Bruna savait que son arrestation n'était plus qu'une question de jours, peut-être d'heures. Elle se levait tous les matins avec la sensation que chaque jour de plus lui était offert par un inattendu concours de circonstances. Elle se lavait, déjeunait et partait à son travail, toujours étonnée que le monde continue imperturbablement de tourner, comme si de rien n'était.

Et puis ils vinrent la chercher. Ils vinrent au petit matin, comme elle s'y attendait. Un vendredi. Un vendredi matin limpide et lumineux, comme pour lui faire la nique.

Bruna se leva vers six heures et alla jusqu'à la fenêtre. Elle contempla le ciel clair. La bora avait balayé les dernières traces de nuages, l'air était froid et sain, la lumière du matin qui tombait sur les entrepôts et les silos du port était scintillante. Bruna se délectait de la vue, et c'est alors qu'elle les aperçut : deux hommes en uniforme ordinaire de la police, ouvrant le portail du jardin et entrant dans la cour. L'instant d'après, on sonnait sèchement à la porte. Elle s'habilla rapidement et descendit leur ouvrir. Elle était prête.

Ils la conduisirent au poste de police et lui signifièrent son inculpation. Ils lui dirent de prendre un avocat. Ils lui donnèrent un annuaire et elle appela le premier dans l'ordre alphabétique des pages jaunes.

L'acte d'accusation était fondé et irréfutable. Ils avaient les analyses de sang d'Anka. Slavko avait témoigné qu'il avait vu Bruna jeter le poison à la poubelle. Ils avaient trouvé ses empreintes sur le pot métallique. Saisi le disque dur de son ordinateur de bureau. Passé au crible tous ses fichiers et toute son activité sur Internet. Et découvert qu'au cours de l'été elle avait ouvert à plusieurs reprises des pages sur les poisons destinés aux animaux. Ils avaient établi la liste de toutes les pages web qu'elle avait visitées, de Wikipedia à des exposés chimiques dans des revues, des exposés qu'elle s'évertuait à lire sans en comprendre un traître mot.

Elle pouvait contester aussi bien le témoignage de Slavko que la boîte en fer de Mirela. Elle pouvait affirmer que sa belle-sœur mentait, qu'elle voulait seulement la spolier. Les gens l'auraient crue. Les gens n'aiment pas les belles-sœurs, ils n'aiment pas que des sœurs viennent fourrer leur nez dans les histoires romantiques.

Mais les pages web consultées, elle ne pouvait pas les contester. Mirela ne s'était jamais rendue à son bureau. Mirela n'avait pas pu comploter ça.

Un sentiment de honte s'empara soudain de Bruna. Elle avait honte de s'être montrée aussi bête.

L'avocat en tête de liste de l'annuaire s'appelait Božiković. Quand il apparut à la porte, Bruna eut un moment de déception et d'abattement. Il était jeune, empâté par manque de sport, le visage rougeaud. Il portait un costume à revers pointus trop clair qui paraissait dater des années soixante-dix. Il s'assit et étala des papiers. Il les étudia puis il conseilla à Bruna d'exclure absolument de garder le silence comme mode de défense. Dans les affaires familiales, dit-il, les gens considèrent toujours que le silence équivaut à une reconnaissance des faits. Vous allez accuser votre belle-sœur, dit-il. Si vous voulez vous en sortir, vous devez l'accuser. Vous devez lui faire la guerre.

— L'important, ajouta-t-il, c'est ce que votre mari pense de tout ça. Ici, on n'est pas dans un film américain, on n'a pas affaire à un jury. Mais il y a quand même un jury. C'est votre mari. Si lui vous croit, alors les juges vous croiront.

Božiković et elle sortirent du tribunal aux alentours de midi. Elle s'attendait à faire face à la foule et à une nuée de journalistes, comme dans les films de procès. Mais il n'y avait personne sur l'esplanade devant le tribunal. Un empoisonnement malheureux, un banal drame de cuisine, ça n'intéressait personne. Božiković la fit asseoir dans sa voiture et la reconduisit chez elle. Il la salua et lui dit qu'ils se reverraient à l'audience qui déciderait de la détention provisoire. À la porte du jardin, Bruna fit bonjour d'un signe de tête à la voisine, qui le lui rendit. Elle entra dans la maison vide et grimpa à l'étage. Elle ouvrit la fenêtre et regarda dans la rue. Les voisins balayaient leur cour, lavaient leur voiture, emmenaient leurs enfants profiter du soleil. Le magasin était ouvert, deux glandus du quartier traînaient devant, assis sur des casiers de bouteilles renversés, en train de siroter une bière. Elle avait devant elle une vingtaine d'heures de tranquillité, après quoi tout le monde – les voisins et au-delà – allait le savoir. Car demain, la police publierait un communiqué et l'information sortirait sur tous les sites Internet.

Mirela aussi l'apprendrait. Et Divna. Divna, qui allait devoir expliquer à Massimo de quoi il retourne dans son italien cahoteux.

Et quelque part en mer, entre Melilla et Tunis, Frane aussi apprendrait la nouvelle. Il l'apprendrait et réserverait le premier vol dans le premier port possible, pour se ruer à la maison et sauver sa princesse.

45.

Quand Frane rentrait de voyage, elle allait toujours l'attendre à sa descente d'avion. Elle arrivait à l'aéroport une heure en avance, trouvait une place de parking et s'installait dans le hall d'accueil, près de la grande porte vitrée automatique. Elle attendait qu'apparaissent les premiers voyageurs, de l'autre côté de la paroi vitrée, au bout de la salle de contrôle des passeports. La voix métallique d'une hôtesse annonçait l'atterrissage d'un avion en provenance de Francfort ou de Vienne, un flot de touristes, d'hommes d'affaires et de *Gastarbeiter* croates déferlait, de tous les âges et de toutes les couleurs. Puis Frane apparaissait, jamais parmi les premiers : toujours un peu plus maigre qu'à son départ, toujours nanti d'une barbe de deux jours qu'aura duré son transfert, toujours fatigué et groggy par le jet-lag. Il présentait ses papiers d'identité, récupérait son bagage, se dirigeait vers la porte vitrée. Ils tombaient alors dans les bras l'un de l'autre. Bruna sentait sous ses doigts le torse osseux et les omoplates saillantes, l'odeur de sa lotion d'après-rasage. Elle sentait le contact de sa peau et de sa barbe de deux jours, et tout allait bien de nouveau.

Ce jour-là encore il avait l'air comme les autres fois : mal rasé, assommé par le manque de sommeil. Mais c'est tout. Cette fois, tout le reste était différent.

Elle se trouvait au parloir du centre de détention de Bilice. Elle était assise sur une chaise en bois qui lui faisait penser irrésistiblement à l'école. Elle l'attendait, le regard dirigé vers la porte où se tenait une gardienne. Et

Frane entra et il la vit. Elle sut aussitôt qu'il ne croyait pas ses accusateurs, mais qu'il la croyait elle.

Il s'assit face à elle et posa une main sur la table. Ils n'avaient pas droit à un contact, alors elle tendit seulement ses doigts vers ceux de Frane. Leurs doigts se touchèrent.

— Je sais que tu n'as pas fait ça, dit-il. Ils ne te connaissent pas, moi je te connais. Tu n'as pas fait ça. Je sais que tu ne l'as pas fait.

Bruna l'écoutait, pétrifiée.

— Je ne peux pas croire que Mirela soit comme ça, dit-il. Qu'elle soit capable d'un truc pareil.

Il baissa la tête, honteux, puis il serra les poings dans une bouffée de rage justicière. Il la croyait totalement, dit-il. Il paierait l'avocat. Quand Mirela l'avait appelé, il lui avait raccroché au nez. Dans une semaine, il y aurait le règlement de la succession. Mirela avait annoncé qu'elle s'opposerait au partage si Frane ne divorçait pas. Mais il n'en était pas question. Il se battrait jusqu'au bout. Il lui arracherait la tête s'il le faut.

Après cela, Frane se tut et ses yeux s'embuèrent. Ce grand gaillard, son capitaine Nemo, cet homme qui parcourait les océans dans la houle et les bourrasques, il était devant elle, comme un enfant en colère et impuissant qui ne peut supporter une injustice. Frane avait toujours tout enduré tranquillement et posément. Même les malheurs, même la mort n'avaient pu le dépouiller de son calme inébranlable. Et maintenant il était assis là et il était au désespoir à cause d'elle – à cause d'une femme qui avait empoisonné sa mère.

Elle lui toucha la main et il commença à pleurer. Alors la gardienne s'approcha et dit que le temps était écoulé.

Ils se prirent dans les bras avant de sortir. *On se revoit bientôt*, lui dit Frane. Mais Bruna savait que c'était leur dernière étreinte.

Elle le savait et elle voulait en profiter à plein. Elle but le parfum de Frane, se frotta à sa barbe de deux jours, pressa sous ses doigts ses omoplates si familières, ses vertèbres, ses côtes. Elle le respirait et elle le touchait, une dernière fois, pour à jamais se souvenir de lui comme il était. Les gardiennes finirent par les séparer. En sortant, il lui fit un signe de la main. Il dit : « Je reviens dans deux semaines. » Mais Bruna savait déjà qu'il n'en serait rien.

Les gardiennes la reconduisirent le long du couloir. Tandis qu'elle arpentait cette aile de bâtiment triste et étroite, Bruna imaginait un scénario probable. Frane qui dépense son argent pour payer les honoraires de Božiković. Le tribunal qui la libère sous caution. Commence alors une action judiciaire qui va durer des années. Elle reste en détention jusqu'au paiement de la caution par Frane. Après quoi on la laisse dehors jusqu'à sa condamnation. Pendant qu'elle est en liberté, elle vit dans la maison d'Anka, avec autour d'elle les voisins suspicieux, la famille menaçante, et puis Frane rongé tous les jours par le doute. Et la voilà condamnée en première instance. Ils l'enferment à nouveau puis la libèrent jusqu'au procès en appel. Mirela qui bloque la succession et empêche Frane d'hériter. Frane qui s'endette pour faire face aux frais. Qui repart en mer pour rembourser ses dettes. Le tribunal, en bout de course, qui la condamne définitivement et la renvoie en prison une troisième et dernière fois. Et Frane, privé de maison et criblé de dettes, qui vient lui rendre visite un samedi sur deux dans une prison désespérante, loin de chez lui. Qui lui rend visite aussi longtemps qu'il n'a pas compris que c'est bien elle qui a tué Anka.

« Non, merci bien », pensa-t-elle.

Elle savait à présent ce qu'il lui restait à faire.

Quand elles arrivèrent au bout du couloir, elle s'adressa à la gardienne. Elle demanda à pouvoir téléphoner en urgence à son avocat. Elle appela au bureau de Božiković. Par chance, elle tomba sur lui du premier coup. Elle lui demanda qu'il lui arrange un rendez-vous pour le lendemain chez le juge d'instruction.

Elle avait changé d'avis, dit-elle. Demain, elle ferait des aveux au juge.

Sixième partie

46.

Cet après-midi-là, ce fut la dernière fois qu'elle vit Frane.

Le lendemain, la police judiciaire la conduisit au parquet où elle dicta ses aveux aux officiers chargés de l'enquête, Maras et Krželj. Božiković avait essayé de la dissuader, car le dossier n'était pas si solide. Elle ne l'écouta pas. Elle raconta par le menu, face caméra et devant un dictaphone, comment elle avait découvert le poison dans la remise, comment elle l'avait mélangé au risotto d'Anka la première fois, comment elle avait procédé trois mois d'affilée. Pendant qu'elle parlait, Maras prenait des notes dans un carnet, Krželj tapait sur le clavier de l'ordinateur et levait les yeux à chaque instant pour l'observer.

Elle ne savait pas comment Frane réagirait. Est-ce qu'il déboulerait à la prison, du dégoût et des imprécations plein la bouche, ou est-ce qu'il insisterait pour qu'elle revienne sur ses aveux, parce qu'il savait dans son for intérieur que ce n'était pas vrai ? Finalement, Frane ne fit rien. Il ne vint pas à la prison, il ne lui écrivit pas et elle non plus. À la différence de Mirela, qui faisait le voyage de Zagreb pour chaque audience et veillait comme un vautour sur le cours du procès, Frane avait complètement disparu. Il ne vint pas à la lecture de l'acte d'accusation ni au prononcé du verdict. Quand Božiković l'appela pour qu'il témoigne, il lui raccrocha au nez.

Il fut sans cesse question de Frane dans le prétoire. Son nom fut cité par le procureur, par les témoins, par son avocat et par elle-même. Il était appelé « votre époux », « monsieur Šarić », ou « le mari de l'accusée », ou encore « le fils de la défunte ». On raconta devant la cour l'histoire de leur relation, on fouilla les entrailles de leur intimité, on disséqua leur couple. Frane était présenté – selon qui cela arrangeait – comme un Shrek pas très futé, comme le jouet naïf d'une méchante sorcière, ou bien comme un mari négligent qui avait imposé à sa malheureuse jeune épouse une corvée insoutenable.

Il était question de Frane, mais Frane n'était pas là. Et son absence était comme un cri étouffé et ravalé.

Avec le temps, il devint évident pour Bruna que Frane n'osait pas se montrer. Il n'osait pas, parce qu'il avait honte. Il avait honte de l'avoir crue. Il avait honte de l'avoir aimée et de l'avoir ramenée à la maison. Il avait honte face à Mirela, qui détenait maintenant sa grande faute entre ses mains. Mirela avait eu raison, et le fait d'avoir eu raison, c'était sa carte maîtresse. Avec cette carte, elle allait régner sur la vie de Frane, comme Anka avait régné avant elle. La transmission du sceptre s'était faite. Une nouvelle mère amazone gouvernait la maison des Šarić.

Elle eut un dernier contact avec Frane six mois plus tard, quelques jours après sa condamnation en première instance. Elle reçut par la poste à la prison les papiers pour le divorce. Elle les signa sans rechigner. Parvenue à ce point, elle ne l'aimait plus, elle était seulement désolée pour lui.

Quatre ans plus tard, il débarqua de nouveau dans sa vie de la manière la plus inattendue qui soit. C'était au printemps 2014. Bruna se souvient que ce fut une journée longue avec une belle lumière. Vlatka et elle avaient terminé d'astiquer la cuisine après le dîner.

Après quoi elle s'était traînée à contrecœur jusqu'à la salle commune.

Bruna détestait les soirées dans la salle commune. D'ordinaire, elle prenait un siège près de la télévision et fixait son attention sur l'écran. Elle faisait semblant d'être intéressée par le programme, l'expérience lui ayant enseigné que c'était un bon moyen d'éviter les discussions. Il en allait de même ce soir-là. Pendant que la pièce résonnait des rires et des jurons des détenues qui se racontaient des blagues grasses, Bruna était assise face à la télévision, les yeux vissés sur les informations. Le journal était dans sa seconde moitié, les rédacteurs avaient épuisé les sujets concernant les leaders de partis, la politique extérieure et le Parlement. Passait à l'écran un reportage sur l'augmentation des prix de l'énergie, les journalistes s'étaient rendus dans différentes villes pour interviewer des gens qui commentaient les nouveaux tarifs et s'indignaient comme attendu. Les villes se succédaient, les visages de vieux retraités et de jeunes étudiants alternaient, et tous ces citoyens disaient dans le micro leur réprobation. Et parmi eux apparut un visage qu'elle reconnut.

Il avait été filmé quelque part sur le front de mer à Split, sans doute à Matejuška ou Zvončac. Manifestement ça soufflait fort, des tamaris penchaient dans son dos, la mer au second plan était couleur de plomb et couverte de crêtes. Frane se tenait face au micro et s'exprimait sur le sujet de société du jour – en termes prudents et généraux, sans position propre, comme il le faisait habituellement à propos de tout. Bruna, pétrifiée, regardait son ancien mari à l'écran. Le reportage s'arrêta là, mais Bruna resta fixée sur la télévision, comme si peut-être par miracle Frane allait réapparaître.

Ce soir-là, elle suivit un film avec Burt Reynolds, puis la chronique culture, puis un épisode de la série *Les Experts*, qui après tout ce qu'elle avait traversé lui paraissait foutrement ridicule. Après quoi les gardiennes leur firent quitter la salle commune. Puis ce fut le drill réglementaire du soir. Elles partirent en groupe au bloc sanitaire. Bruna se brossa les dents, se lava les cheveux au-dessus du lavabo, les sécha, alla aux toilettes et se vida les intestins. Puis elle se déshabilla, s'allongea sur la couche du bas et fixa son regard sur la planche au-dessus de sa tête. Elle déchiffra, pour qui sait combien de fois, les bites, les tirades et les signatures gribouillées. Elle écouta la prison gémir, grincer et respirer. Elle attendit que le peu de sommeil qui lui restait survienne. Et tout le temps elle pensa. Elle pensa à Frane qu'elle venait de voir dans la lumière trouble du tube cathodique.

Frane avait l'air différent. Il avait changé en quatre ans. Bizarrement, Bruna lui trouvait pour la première fois un air de marin. Il s'était laissé pousser une petite barbe brune, ses cheveux étaient un peu plus courts et peignés vers le haut. Il avait maigri. Il paraissait plus âgé, plus ténébreux, comme un Corto Maltese fatigué ou un jeune capitaine Haddock parcourant le monde avec la totalité de son bien ramassée dans un sac de toile.

Quand elle lui rendait visite, sa mère n'évoquait jamais Frane. Peut-être qu'elle ne savait pas ce qu'il devenait, même si Split était une ville suffisamment petite pour qu'ils se croisent de temps en temps sur la promenade en bord de mer ou à un feu rouge. Bruna savait peu de choses de la vie présente de Frane, sinon ce qu'elle avait entendu dire durant les premiers mois de sa détention. Qu'il avait abandonné la marine, qu'il travaillait pour une agence nautique. Il était chargé de veiller que les yachts de rupins aient le plein de carburant, que les outils électroniques et le winch soient en bon état, qu'il y ait du vin frais dans le frigo. Elle avait ouï dire qu'il avait abandonné le romantisme du pain dur, des océans et des autorités portuaires africaines, et que pour peu d'argent, mais facilement gagné, il travaillait désormais au service de Russes jeunes et riches, de couples scandinaves et de comptables allemands. Il les servait en serf contrit et nourrissait la bête monstrueuse du tourisme, à peu près comme tout le monde dans ce pays.

Même si elle n'en savait rien, Bruna était certaine que Frane avait quelqu'un dans sa vie. Il était jeune, bien fait de sa personne, avec une bonne situation. Il avait un travail, un appartement. Il était célibataire et avait le temps de sortir en boîte le soir et de faire du charme, une vodka orange à la main, à des caissières et des commerçantes aux jambes longilignes. À la télévision, il avait l'air content et sûr de lui, le type qui n'a rien perdu de son assurance. Il était toujours maigre. Comme il ne naviguait plus, ce n'était pas à cause de la mauvaise nourriture qu'on vous sert en mer. C'était dû à la salle de musculation ou au footing, ce qui signifiait qu'il voulait paraître plus jeune.

Bruna regardait son petit bout de ciel à elle en contreplaqué, elle écoutait bruisser la prison et elle essayait d'imaginer. Il avait dû faire sa connaissance à l'Imperium ou au Kauri, une de ces discothèques métallisées où convergent les mâles alpha et les filles à talons perchés. À coup sûr elle a les cheveux longs. Probable qu'elle porte une jupe très courte. Probable qu'elle n'a pas de hanches, elle savait d'expérience que Frane n'aimait pas les filles à hanches larges. Elle n'aime pas cuisiner, sinon Frane ne serait pas maigre. Elle n'aime pas cuisiner – car Frane avait bien eu assez dans sa vie d'une femme qui aimait faire la cuisine.

Dimanche dernier, c'était le dimanche des Rameaux, se souvint-elle. Il l'avait certainement conduite en voiture sur la route en lacets en direction de Vrgorac et de la frontière herzégovinienne, à travers le massif du Biokovo. Elle aussi, il l'avait amenée dans son vieux village, sur la tombe qui n'était maintenant plus seulement celle de son père, mais était devenue entre-temps également celle d'Anka. Il l'avait amenée devant le trou cubique recouvert de marbre noir. Il lui avait montré l'ovale en céramique avec la photo de son père. Et à côté de celui son père, il devait y avoir aussi probablement un deuxième ovale avec la photo d'Anka. Et Bruna ne pouvait imaginer qu'une Anka dans l'ovale. C'était celle qu'elle connaissait – la vieille femme qu'elle était. Elle essayait de se représenter l'ovale avec le portrait d'Anka, avec son visage anguleux et sa mâchoire forte. Elle voyait Anka en céramique et juste à côté l'ovale avec le portrait de Filip Šarić – jeune, belle allure, tel qu'il était avant de tomber du haut d'un toit en tôle à Kelheim. Elle s'efforçait de visualiser la scène, mais ça ne collait pas, ça paraissait grotesque, les deux colocataires de cette tombe, comme s'il s'agissait d'une mère et de son fils, et non de deux époux du même âge.

Bruna continuait d'imaginer la scène. Frane gare son tout-terrain Mitsubishi (roule-t-il encore en Mitsubishi ?) sur le bas-côté en terre à côté du cimetière. Il aide la fille aux jambes longilignes à sauter par-dessus une flaque. Il la conduit jusque devant le caveau. Ils regardent la pierre tombale, les deux visages en céramique qui ressemblent à une mère et à son fils. Ils déposent sur la plaque de marbre de Macédoine un bouquet de chrysanthèmes, de roses ou de soucis. Alors il lui raconte. Et plus que tout au monde, Bruna aurait été curieuse d'entendre ce qu'il lui racontait.

Il lui parle de son père qui a fait un pas de travers et basculé dans le vide à l'âge de cinquante et un ans. Il lui parle de sa mère qui nourrissait les ouvriers sur une table faite de planches et qui a monté les murs de leur maison. Et puis, à un moment, il faut bien qu'il dise quelque chose concernant la mort de sa mère. Qu'est-ce qu'il lui raconte ? Que sa mère a été empoisonnée par son ex ? Qu'elle a été tuée par une méchante sorcière ingrate ? Ou bien – pour ne pas la paralyser de peur – il se contente de lui dire que la vieille est morte d'une attaque cérébrale, à soixante ans, après une longue maladie, une lourde invalidité ? Bruna imaginait la scène, les proportions du récit de Frane, les traits démoniaques qu'il lui attribuait, son profil sombre, fluctuant. Elle poussait encore plus loin la cogitation, puis elle en concluait que ce n'est pas comme cela que ça se passerait. Frane ne dirait simplement rien là-dessus. Il dirait que la vieille était morte d'une attaque. Il dirait qu'elle s'était tuée à la tâche, qu'elle était tombée malade et qu'elle avait dépéri. Il dirait qu'il était divorcé. Qu'il avait une ex. Et, non, il ne savait pas où elle était, ils avaient perdu contact. Ils ne s'étaient pas vus depuis des années.

La maison centrale sombrait dans le silence, on entendait par la fenêtre le bruit du vent, les crissements du côté de la voie ferrée et le martèlement rythmé des basses depuis une discothèque, et Bruna continuait de les imaginer. Elle les imaginait en voiture (sûrement plus une Mitsubishi). Ils roulaient sur la route de campagne en direction de la mer, du dîner qui les attendait, d'une glace ou d'une baise. Ils disparaissaient à l'horizon – comme dans un western – pour une vie dont elle ne saurait rien. Pour une vie dans laquelle elle n'existait pas, même pas en tant qu'histoire.

47.

Bruna fut condamnée en première instance le 19 juin 2010. Elle fut conduite de la maison d'arrêt de Split, où elle avait séjourné déjà treize mois, au tribunal pour entendre le prononcé du jugement. Le jour du verdict, une chaleur suffocante régnait sur la ville. Le ciel était blanc comme une lame incandescente. Il n'y avait pas d'air, la mer était lisse comme un disque. Tout le monde – les juges, les avocats, les journalistes et les surveillants –

attendait qu'un minimum de brise salvatrice souffle à l'ouest.

Le juge lut la sentence : treize ans de prison pour meurtre aggravé, au titre de l'article 91, chapitre 10, du Code pénal de la République de Croatie. Après quoi les gardiens la saisirent par les bras et la firent sortir de la salle d'audience. Les regards de Bruna et de Mirela se croisèrent alors. Mirela n'avait pas l'air de triompher. On aurait plutôt dit qu'à compter de ce jour son combat, ses convulsions prenaient fin et que c'était le début du vide.

Quant à Bruna, elle était contente que tout cela soit terminé. Quel que soit ce qui l'attendait, ça ne pouvait pas être pire que le procès.

Tout cela avait duré des mois et des mois. Les audiences étaient rares, irrégulières. À chaque fois elle était emmenée menottée en fourgon cellulaire. On la faisait asseoir ainsi entravée sur le banc des accusés, et c'est comme ça, au premier jour d'audience, qu'elle fut photographiée par un reporter d'agence.

Cette photo parut une première fois dans la presse, puis elle ressortit à chaque épisode dans l'ensemble des journaux. Bruna assise sur un banc face à la juge, les poignets menottés, regardant devant elle avec une expression incrédule et bravache. Ce matin-là, elle s'était lavé les cheveux et les avait noués en queue-de-cheval. Elle avait bonne mine sur la photo. À croire que ça poussait les gens à la détester encore plus.

Elle avait été surnommée « la belle-fille fatale ». Un rédacteur dans un quotidien avait glissé cette formule dans un intertitre au deuxième ou troisième jour du procès. Depuis lors, ce qualificatif lui était resté scotché comme un sparadrap. Dans tous les journaux elle était désignée comme « la belle-fille fatale » et tous les comptes rendus du procès ressortaient la même image d'elle – belle et fraîche, les cheveux noués en queue-de-cheval – regardant droit devant elle avec effronterie.

Après les aveux de Bruna dictés en dépit des conseils de son avocat, celui-ci commença à manifester une évidente mauvaise volonté. Il l'incita à reconnaître l'homicide, mais à nier le meurtre avec préméditation. Il récusa la notion de meurtre aggravé et proposa au procureur qu'il retienne la qualification de meurtre simple. Quand le procureur rejeta sa proposition, il conseilla à Bruna de revenir sur ses aveux. Quand elle refusa, il perdit tout intérêt pour cette affaire.

Božiković lui souffla aussi à un moment que cela pourrait aider si elle décrivait Anka comme une tortionnaire cruelle. Bruna là encore refusa. Elle ne voulait pas que Frane l'entende parler ainsi de sa mère. Elle ne croyait pas que noircir le portrait de celle qu'elle avait tuée pouvait l'aider en quoi que ce soit. Božiković était déjà furieux que Bruna n'en fasse qu'à sa tête. Quand elle refusa cette fois encore de le suivre, il lâcha prise. Il laissa filer l'affaire, pourvu que ça se termine au plus vite !

Le témoignage de Mirela fut particulièrement pénible. Mirela se présenta à la barre comme une femme nouée, brisée, mélodramatiquement fragile et écrasée par une douleur insurmontable. Elle raconta en détail aux juges comment elle avait sorti de la benne la boîte métallique qui venait d'être jetée ce matin-là. Comment elle avait demandé une autopsie, car elle avait en fait toujours nourri des soupçons à l'égard de Bruna. Elle montra Bruna sous le jour le plus horrible. Elle la décrivit comme une belle enjôleuse, une étrangère qui était rentrée dans leur famille unie et avait tourné la tête à son frère. Elle raconta une histoire d'araignée maligne à deux visages que sa pauvre mère avait reçue sous son toit et serrée contre son cœur comme sa propre fille, et que celle-ci le lui avait rendu en l'assassinant alors même qu'elle était impotente. Quand elle acheva son témoignage à la barre,

Mirela la fixa droit en face. Elles se regardèrent une seconde ou deux et Bruna eut l'impression de distinguer dans les yeux de sa belle-sœur une lueur de jubilation. Elle vit une étincelle de triomphe dans son regard et soudain elle comprit : Mirela débordait de bonheur. Tout ce qui était arrivé lui avait finalement servi. Anka était morte. Bruna, elle, était expulsée, recrachée comme une vile intruse. Restait Mirela, la nouvelle Anka, la reine mère à la tête de cette grande ruche, qui avait en charge sa famille, qui la dirigeait, qui la nourrissait, qui tenait Frane sous sa coupe et son autorité. Elle pouvait imaginer leurs échanges. « Je t'avais prévenu, disait-elle. Tu ne m'as pas écoutée, j'avais tout vu. Ce que vous pouvez être naïfs, les hommes ! La prochaine fois, écoute-moi, je sais mieux y faire, tu vois bien. » Et Frane l'écouterait. Il deviendrait son frère loyal, son trophée, tout comme il avait été fils loyal, le trophée d'Anka. Au bout du compte, Mirela resterait la seule vraie gagnante.

Après Mirela, ce fut au tour de Slavko de témoigner. Il raconta en détail ce qu'il avait vu ce matin-là. Et il avait vu et entendu bien plus que ce que Bruna imaginait. Il l'avait entendue marcher dans l'appartement. Il l'avait vue allumer la gazinière, préparer du café, griller des toasts et sortir le beurre du frigidaire. Il l'avait vue ouvrir le placard sous l'évier. Il était allé à la fenêtre et l'avait suivie des yeux jusqu'à la benne à ordures.

Slavko évita de regarder Bruna durant son témoignage. Et quand leurs regards se croisèrent furtivement, il baissa les yeux comme pour s'excuser. Slavko avait compris. Il savait ce que c'était que d'être subordonné, soumis et broyé.

L'expert informatique fut le dernier à témoigner. Il présenta l'activité de l'ordinateur de bureau de Bruna. Les pages qu'elle avait visitées au cours de l'été s'affichèrent sur le grand écran face à la cour. Bruna fut étonnée de voir à quel point elle avait poussé son étude.

Les pages défilaient les unes après les autres devant les juges et les journalistes, pleines de diagrammes et de combinaisons chimiques, de photographies horrifiques de rongeurs à l'agonie – des souris, des rats et des loutres la bouche débordant d'écume, les membres en train de convulser et le sang giclant de tous les orifices. Bruna observait les visages des présents. Ils avaient tous le regard fixé sur les rongeurs et ils imaginaient Anka Šarić en train d'étouffer, d'écumer et de convulser de la même manière. Si l'un d'eux croyait jusque-là qu'elle était morte paisiblement dans son sommeil, il ne pouvait plus penser la même chose après avoir visionné ces scènes.

Après l'exposé de l'accusation, ce fut au tour de la défense de plaider. Božiković chercha à alléger la responsabilité de Bruna. Il invoqua des circonstances atténuantes. Il insista sur le fait qu'elle-même était une victime. Qu'elle avait été écrasée par la charge que représentait la vieille femme infirme, qu'elle avait assumé au quotidien tout un tas de tâches harassantes qui dépassaient ses forces limitées. Il la questionna en détail sur les soins prodigués à Anka au jour le jour – les pansements, les pommades, les escarres, comment elle lui faisait prendre sa douche, comment elle la nourrissait à la cuillère. Bruna remarqua qu'une des juges baissait les yeux et semblait compatir. C'était une femme âgée entre quarante et cinquante ans, aux cheveux bruns, à l'air sévère. Bruna l'observa tout le temps de la plaidoirie. La juge paraissait mal à l'aise. Au moins quelqu'un, pensa-t-elle, au moins quelqu'un dans cette pièce qui comprend.

Božiković s'évertua à la présenter comme une victime vulnérable et malheureuse, un fétu de paille écrasé par des vicissitudes insurmontables. Mais on aurait dit qu'il ne croyait pas lui-même à sa propre histoire, pas plus que personne d'autre, peut-être pas même Bruna. Personne ne croyait aux malheurs insurmontables d'une femme ayant à sa disposition un robot ménager, un four micro-ondes et un téléviseur à écran plasma. Personne ne croyait au destin tragique d'une femme qui avait un étage à elle de quatre-vingts mètres carrés pour s'étaler. Ils l'avaient déjà condamnée. Elle était la belle-fille fatale et elle le resterait. Pour tout le monde – pour les journalistes, le public, les juges, peut-être même pour la juge aux cheveux bruns – elle était la belle-fille serpent du conte de *La Forêt de Stribor*. Si humble, si belle, si douce – jusqu'à ce que soudain une langue frétillante de vipère lui sorte de la bouche.

C'était ainsi. Quand la présidente de la cour prononça la sentence, Božiković se tassa sur sa chaise, comme s'il s'attendait à moins. Bruna, non : elle savait pertinemment qu'elle n'aurait droit à aucune pitié. Le « panier à salade » l'attendait à la sortie du tribunal pour la reconduire à la maison d'arrêt. Le lendemain, Božiković lui rendit visite. Il lui dit qu'après un tel échec, il était naturel qu'elle veuille changer d'avocat. Il lui dit que de son côté, de toute façon, il n'interjetterait pas appel du fait – c'est ainsi qu'il le formula – de « divergences irréconciliables » dans leur manière d'aborder l'affaire. Bruna le remercia et lui dit que tout allait très bien.

Elle ne lui dit pas qu'elle avait déjà pris une décision ferme et définitive.

Elle ne lui dit pas qu'elle ne ferait pas appel de sa condamnation. Elle ne le ferait pas car ce ne serait qu'une perte de temps, d'argent et d'espoir.

Le lendemain, elle fut transférée en fourgon cellulaire à Požega.

Septième partie

48.

Tout aurait été différent si on n'était pas allées là-bas. Si on n'était pas allées à l'anniversaire de Zorana, tout aurait été différent, ta vie, et peut-être la mienne aussi.

Suzana lui dit cela ce samedi où elle lui rend visite. C'est le printemps et l'on entend bruisser le feuillage des peupliers blancs ou d'Italie au-dehors, quelque part du côté de la voie ferrée. Suzana est assise de profil à la fenêtre, une lumière chaude passe à travers le grillage et l'illumine.

Ces dernières années, Suzana lui a rarement rendu visite. La séparation entame les amitiés même les plus fortes, le temps fait son œuvre, et Bruna sait que le temps a apporté pas mal de soucis à Suzana. Ces dernières années, Suzana est venue à la prison une fois par an, une fois tous les ans et demi. En général, elle est passée la voir à l'occasion d'un voyage à Zagreb pour un séminaire ou une conférence. Elle finissait son travail le vendredi après-midi, restait dormir chez des cousins, et le samedi elle prenait le train du matin via Novska et Kapela.

Comme elle la voit rarement, Bruna est attentive à chaque visite aux changements physiques de Suzana. Elle l'est cette fois encore. Suzana a vieilli. Elle lutte contre les kilos que lui coûte infailliblement sa passion pour les profiteroles et les millefeuilles. Elle revient chaque fois un peu plus ridée, un peu plus fatiguée, à coup sûr elle ressemble maintenant à une femme d'âge avancé. Mais elle n'abandonne pas. Depuis qu'elle est divorcée, elle fait attention à son apparence, à sa coiffure, elle se teint au henné, s'habille plus large et plus sombre pour dissimuler les bourrelets autour de la taille et des hanches. Suzana ne se rend pas – elle est revenue dans le circuit et n'imagine pas quitter la partie sans combattre.

Suzana est assise à la fenêtre et regarde dehors, comme si elle s'efforçait d'ignorer l'existence de la prison. Elle parle. Et elle dit : « Si on n'était pas allées à l'anniversaire de Zorana, tout aurait été différent. » Elle regardait les branches des arbres et elle a dit ça comme ça, c'est à peine si le buisson de ses cheveux rouges a bougé. Elle a froncé les sourcils et elle a lâché cette phrase sans crier gare, comme si elle énonçait une remarque innocente, évidente.

Bruna ne lui répond pas. De toute façon, il n'y a rien à dire. Suzana a évidemment raison, mais à quoi bon, on ne peut rien y faire.

Suzana regarde par la fenêtre, la chaleur printanière se répand sur Požega, on entend le bourdonnement léger d'un tour en action du côté de l'atelier, et pendant ce temps Bruna se souvient de cette soirée, une fois de plus. Une vodka orange, puis une autre, puis encore une autre. Fabo qui passe *Killing Me Softly* trois fois d'affilée, puis un pot-pourri de slows aussi poisseux que toxiques : *Nights in White Satin*, *Sei bellissima*, *Blue Velvet*. Tout se couplait : Loredana Bertè et les biscuits aux amandes, Patty Pravo et le vin blanc, le velours bleu et le satin blanc, les sopranos vénéneux et les lampes aux abat-jour rouges. Et cet inconnu que ses mains touchent pour la première fois, elle sent ses côtes sous ses doigts, elle sent ses os, sa taille. Frane – c'est comme ça qu'il a dit qu'il s'appelait. Frane.

Cela a commencé comme ça. Et puis une chose en a entraîné une autre, inexorablement et irrévocablement, comme dans les vieux magazines de couture où les ciseaux n'ont qu'à suivre la ligne tracée des patrons. Et c'est ainsi qu'ils sont tombés amoureux. Qu'elle a tué. Qu'elle s'est retrouvée ici. Dans ce cube de béton où elle a passé onze ans. Et là voilà aujourd'hui au parloir assise sur une chaise, à quinze jours de sa libération conditionnelle, complètement vide, épouvantée par cette énorme liberté qui l'attend.

« Tout aurait été différent. Ta vie, et la mienne. »

Suzana a le regard absorbé au-dehors et Bruna le sait : en cet instant, Suzana ne pense pas à la ligne tracée de Bruna. Elle pense à la sienne. Elle pense à cette soirée de 2006 où elle et Bruna se sont rendues à l'anniversaire de Zorana, où Bruna a terminé avec Frane et où elle est rentrée seule à la maison. Elle pense à cette opération de don du sang, un jour de février, durant laquelle elle a rencontré Mario. Elle pense à cet étudiant en électrotechnique originaire de Metković, discret, un peu voûté, avec qui elle est sortie manger une pizza le samedi suivant. Comment elle a déménagé dans le studio de Mario alors qu'elle était en cinquième année de fac. Comment ils se sont mariés dans la chapelle romane sur la colline de Marjan. Elle pense à sa robe de mariée couleur vanille avec ses falbalas qui traînaient sur le gravier du parvis devant l'église. Elle pense à tout ce qui est arrivé par la suite : son master en pharmacologie, son travail d'abord dans une officine, puis comme représentante d'une firme slovène. Elle pense aux heures passées avec Dinko chez les orthophonistes, les spécialistes du handicap, les psychothérapeutes, les sociothérapeutes. Elle pense à toutes ces heures dans des salles d'attente, dans des couloirs aux murs couverts de réclames pour des traitements contre la migraine et de dessins en perspective du limaçon de l'oreille. Comment les chemises de Mario, un jour, ont commencé à sentir un parfum indéterminé, inconnu mais manifestement féminin. Comment elle lui a pardonné son infidélité avec une déléguée syndicale avant qu'il finisse, cinq ans plus tard, par se remettre avec elle et décamper une fois pour toutes. Comment les Slovènes l'ont jetée dehors, au bout de huit ans, comme des porcs, sans aucun préavis, pendant une vague de restructurations.

Et maintenant, après tout ça, Suzana est assise face à elle au parloir. Elle regarde par la fenêtre de la prison et pense à coup sûr à cette succession d'anecdotes chaotiques qui a pour nom sa vie. Elle pense à son nouveau boulot, une petite boîte stupide de commerce à la noix, où le patron n'en sait pas la moitié d'elle question travail. Au fait qu'elle aperçoit Mario en ville. Que son ex-mari tient par la main un nouvel enfant – une fillette tout à fait mignonne – alors que lui, ça fait bien longtemps qu'elle le trouve triste et répugnant. Elle pense à Dinko, qui a grandi, qui est un drôle d'asticot solitaire, une espèce d'échalas qui passe toutes ses journées dans sa chambre, un casque sur les oreilles, à jouer à World of Warcraft et à League of Legends. Dinko, qui passe l'essentiel de ses heures à conclure des alliances héroïques, à couper des têtes de trolls et à fourrer des belles barbares, sa seule compagnie de toute la journée se résumant à une armée d'avatars de loosers comme lui habitant au Pakistan, en Argentine ou en Finlande. À quoi d'autre Suzana pense-t-elle ? Bruna ne le sait pas précisément, mais elle doit certainement penser à tous les hommes avec qui elle est restée brièvement depuis qu'elle a divorcé. Tous ces hommes nantis de lunettes de lecture et aux cheveux clairsemés, tous ces experts judiciaires, ces agents des impôts et ces géomètres, ces types avec qui elle a fini au lit à l'issue d'un séminaire, d'un anniversaire du bac, d'un quiz dans un pub ou d'une soirée rétro des années quatre-vingt dans une discothèque. Elle pense à ces réveils dans des appartements étranges qui ne sont pas le sien, qui sentent les œufs au plat, l'eau de Cologne ou la colle à bois, elle pense à ces matins où elle rentrait à la maison et passait la tête dans la chambre de Dinko, et Dinko, son casque vissé sur les oreilles, les yeux éclatés par l'absence de sommeil, qui lui adresse tout juste un signe de tête, pendant que le sandwich qu'elle lui a laissé hier soir pour son dîner gît sur l'assiette à côté de lui, à peine grignoté.

Suzana pense à tout cela en contemplant par la fenêtre la rangée d'arbres de la prison. Et elle se demande si sa vie, et pas seulement celle de Bruna, aurait été différente s'il n'y avait pas eu cette fête d'anniversaire chez Zorana. Si elle n'était pas allée la chercher en voiture. Si Fabo n'avait pas passé *Killing Me Softly*. Si elle n'était pas allée donner son sang, ce jour de février. Si elle n'avait pas décidé de sortir manger une pizza avec ce garçon discret et poli arrivé de sa province. Si elle n'avait pas étudié la pharmacologie mais la stomatologie, comme le voulait son vieux. Si elle n'avait pas changé de boulot, si elle n'avait pas eu son fils, si elle n'avait pas été foutue dehors par les Slovènes. Si ce matin-là ou tel autre elle avait marché sur le trottoir de droite plutôt que sur le trottoir de gauche. Tant de bifurcations, des dizaines et des centaines de bifurcations, tant de nœuds indénombrables, denses et opaques comme dans un jeu vidéo ultra-complexe, qui l'ont conduite au point où elle est maintenant.

Et il ne plaît pas à Suzana, ce point, Bruna le sent bien.

Suzana tourne la tête. Le buisson de ses cheveux teints tremble un instant puis se calme. Elle sourit.

— Et là ? Il te reste encore combien à faire ?

— Encore deux semaines.

— Ça doit être bizarre, comme sentiment.

— Très bizarre.

— Tu sais où tu vas vivre ? Chez ta mère ?

Bruna se tait. Puis elle répond.

— Non, pas chez ma mère. Je me suis débrouillée autrement.

— Tu peux toujours rester chez moi…

— Non. Ne t'inquiète pas. C'est arrangé.

— Tu es sûre ?

— Sûre. C'est arrangé.

Suzana approuve d'un signe de tête. Mais elle ne la croit pas. Ça se voit, qu'elle ne la croit pas et qu'elle est inquiète.

— Ça me fait plaisir pour toi, dit-elle. Tellement plaisir. Que ce soit fini.

— Et moi donc, dit Bruna en souriant, moi aussi ça me fait sacrément plaisir.

Elle a dit cela, et son sourire s'est figé dans un rictus sinistre, car elle n'est pas du tout sûre que ce soit vrai.

Une gardienne s'approche d'elles et les prévient que le temps est écoulé. Suzana se lève. Elles s'embrassent. Bruna plonge son visage dans ce buisson de cheveux colorés et reste longtemps serrée dans cette étreinte, étonnée de constater combien ce contact avec Suzana lui fait du bien. Puis Suzana la lâche. « Il faut que j'y aille », dit-elle. Bruna le sait. Elle sait que Suzana doit attraper le train de Velika. Le train part à quatre heures vingt. De toute sa vie Bruna n'est jamais allée à la gare de Požega. Mais en onze ans elle a appris par cœur l'indicateur local des chemins de fer.

En sortant, Suzana lui fait un signe de la main, et Bruna l'observe. Quand elles se verront la prochaine fois, ce sera *là-bas*. À l'air libre, en ville.

D'un seul coup, cette perspective paraît à Bruna complètement irréelle.

49.

En cette fin d'après-midi, un car intercités descend vers Split et enchaîne les lacets qui mènent de l'autoroute aux faubourgs de la ville. De là-haut, Bruna contemple la cité qu'elle n'a pas vue depuis longtemps – la dernière fois, c'était il y a onze ans.

C'est une fin d'après-midi estivale. La ville et toute la côte sont plongées dans une cuvette blanche de chaleur, un bain de soleil insupportable. La mer est d'huile, plate et blanche comme une table brûlante. Les immeubles socialistes, tours d'un Mordor depuis longtemps disparu que les gens ont oublié autant qu'ils le méprisent, émergent à travers la brume jaune.

Le car pénètre dans les faubourgs et Bruna note les changements. Là où était situé autrefois le chantier de déconstruction navale, ce sont maintenant des immeubles de locations de vacances. À la place de l'usine de chlorure de vinyle, il y a un centre commercial. À la place du port de pêche, elle découvre une marina, et dans la marina, des grappes de yachts coûteux aux vitres teintées et aux lignes agressives. À la place du port de transbordement, c'est encore une marina. À la place de l'usine de tuyaux en béton, même chose. Là où il y avait auparavant des ateliers et des entrepôts, ce sont désormais des salons d'exposition de concessionnaires automobiles, des agences Rent-a-Car et Ship Management. À la place de la caserne de pompiers, un bloc d'immeubles d'habitation. À la place de l'usine de panneaux solaires, un multiplexe et une galerie marchande. La vieille usine de circuits électriques est devenue une auberge de jeunesse.

Arrivée en ville, Bruna descend du car. À peine pose-t-elle le pied au sol qu'elle est saisie par la chaleur méridionale effroyable, cette chaleur de bitume qui transpire, cette canicule lourde qu'au fil des ans elle avait oubliée là-haut, en Pannonie.

Elle tire un papier de sa poche, vérifie une nouvelle fois l'adresse. Rue Ignjat Job, au 12. Replie le papier dans sa poche et se dirige vers l'ouest de la ville. Au fur et à mesure qu'elle s'éloigne du centre, le tourisme s'estompe et la ville ressemble plus à celle dont elle se souvient : une ville de petits immeubles communistes rectangulaires, de voitures garées sur les trottoirs, de graffitis de foot, de squares à l'abandon entre les bâtiments, où des gamins torse nu traînent à côté de balançoires cassées. Elle passe près de la petite chapelle de la Mère de Dieu et d'un énorme graffiti de supporter. Et pénètre dans son futur quartier.

Elle trouve facilement l'immeuble. C'est un bâtiment gris moderniste, avec un bardage isolant en fibrociment. Autour s'étendent des pelouses abandonnées, des terrains de jeux bétonnés, des jardins de cerisiers et de figuiers. L'entrée de l'immeuble dispose d'une poignée étrangement élégante et d'un abri contre la pluie. Sur le côté, un serrurier a logé son activité dans l'ancien local à poubelle. Les anciens espaces collectifs sont aujourd'hui occupés par un club d'invalides de guerre. On voit dans l'ancienne buanderie le reste d'une épicerie, aujourd'hui fermée, probable victime des caprices de la transition économique. Au rez-de-chaussée, l'immeuble a vécu les changements incessants du capitalisme. À partir du premier étage et jusqu'en haut, cela reste un ensemble de logements communiste, fossile encore vivant d'un empire défunt.

Elle monte au huitième étage. Elle cherche le nom de Raffanelli et sonne. Une femme âgée d'une petite cinquantaine d'années, les cheveux teints en blond, lui ouvre la porte. « C'est vous ? » dit-elle, mais elle ne l'invite pas à entrer. Dans le regard de l'inconnue se mêlent de la curiosité et du trouble. Pas étonnant, pense Bruna. Toute sa vie elle a dû se demander à quoi pouvait ressembler un vrai assassin.

La femme aux cheveux teints sort sur le palier, un trousseau de clés à la main. Elle la guide jusqu'à la porte voisine. Une porte dans les tons gris-bleu, comme toutes les autres du palier, à la différence que celle-ci ne comporte aucune inscription, pas de nom ou de marque distinctive. Mme Raffanelli essaye une première clé, puis une deuxième. La troisième entre dans la serrure et la porte s'ouvre.

— Vous vous êtes entendue avec la propriétaire, dit-elle. Vous savez déjà tout ?

— Je sais tout.

— Le loyer, vous me le verserez à moi, je lui ferai suivre.

— Je suis au courant.

— Pour l'eau, c'est moi qui récupère les sommes à payer. Faites attention à votre courrier, les boîtes aux lettres n'ont pas de clé. Le store côté nord, vaut mieux ne pas l'ouvrir. Il tient à peine.

— Je vais me débrouiller.

— Vous savez où me trouver.

— Je sais. Ne vous inquiétez pas.

Elles se tiennent encore un instant à la porte et s'observent. Mme Raffanelli la mange littéralement des yeux – une meurtrière, une vraie de vraie, la première qu'elle voit tous sexes confondus. Bruna, elle, sonde la femme aux cheveux blonds et se demande quelle crue de l'histoire a pu la charrier dans ce couloir. L'immeuble a très bien pu appartenir à l'armée yougoslave. Est-ce la fille d'un officier ? La belle-fille d'un officier ? Est-ce cette armée qu'on ne peut désormais plus nommer qui a fourni cet appartement à quelqu'un de sa famille – père, mère ou beau-père ? Ou bien ce quelqu'un – père ou mari – a-t-il déboulé une nuit pendant la guerre dans cet appartement de l'armée, forcé la porte avec un pied-de-biche et un tournevis pour prélever son trophée, sa part de butin du vainqueur ? Le crime de Bruna est connu. Il est inscrit dans son dossier. Mais celui de cette femme intéresse Bruna. Est-elle coupable d'être *de l'autre système* ? Ou d'avoir débarqué chez un inconnu, d'avoir investi son appartement où flottait encore l'odeur de ses draps, où résonnait encore le bruit de ses pas ? Mme Raffanelli doit sans aucun doute être coupable de quelque chose, simplement Bruna ne sait pas quoi. Mais elle finira par le savoir. Elle le saura si elle reste habiter ici assez longtemps.

— Voilà, dit la voisine, ce sont les clés.

Elle lui tend le trousseau, puis la salue et s'en va. Bruna entre dans l'appartement et fait le tour pour la première fois de son nouveau domicile.

Un sol en linoléum, un bac à douche, un vieux four slovène. C'est un appartement dans lequel personne n'a jamais mis beaucoup d'argent. Un logement provisoire pour de jeunes sous-officiers, des agents du service de cartographie, des médecins militaires préparant une spécialisation. Ou bien l'appartement d'un ouvrier pauvre, d'une employée de bureau, d'une mère célibataire travaillant jusqu'à trois heures au service du personnel d'une usine. Bruna aimerait tendre l'oreille, entendre ce que l'appartement raconte de ses anciens locataires. Mais l'appartement se tait.

Le store côté nord est effectivement dangereusement tordu. Elle ouvre celui au sud. D'un seul coup l'appartement déborde de lumière. Par la fenêtre on voit la baie et à l'horizon le soleil oblique de cet après-midi d'été. Derrière les contours de la ville apparaît la forêt de Marjan, la silhouette sombre des pins d'Alep.

Elle défait son bagage puis entre dans la salle de bains. Elle se douche longuement, prend plaisir au jet d'eau froide qui rince sa peau de la poussière, de la sueur et de la puanteur. Quand elle a terminé, elle s'approche du miroir et se regarde. Elle se regarde dans un vrai grand miroir, pour la première fois depuis plus de dix ans.

Elle est toujours maigre. Bien qu'ayant travaillé en cuisine avec un accès à la nourriture, elle ne s'est pas laissée aller, elle n'a pas commencé à manger hors de tout contrôle. Elle a toujours le ventre plat, la taille et les hanches étroites, pas de double menton. Dans la pénombre, avec une lumière en demi-teinte, on pourrait la prendre pour une femme jeune et sportive. Pas en pleine lumière. La pleine lumière révèle la vérité. Elle approche de la quarantaine et se donnerait même quelques années de plus. Ses cheveux se sont clairsemés, ils ont perdu de leur souplesse. Des ridules prédatrices ont pris d'assaut son visage et se sont nichées aux commissures des paupières et des lèvres. Ses seins pendent comme des balles dans un sac. Ses chevilles laissent voir des petites veines rouges. C'est toujours elle, elle est la même. Mais c'est comme si on l'avait recouverte d'un film flétri. Comme si, pense-t-elle, on m'avait passée au papier émeri.

Elle s'habille. Le soir est tombé quand elle entre dans la cuisine. Elle se souvient qu'elle n'a pas pensé à son dîner, le frigo doit être vide. Il l'est. Elle le branche. Après des mois, peut-être des années d'inactivité, voilà qu'il ronronne de satisfaction. Puis elle se souvient qu'elle a dans son sac à dos un sandwich qu'elle a acheté à la gare.

Elle attrape un verre et une assiette dans le placard de la cuisine. Pose l'assiette sur la table, remplit le verre d'eau du robinet. Sort le sandwich du sac à dos et le déballe. Elle le pose sur l'assiette. Dispose le verre à côté de l'assiette. Elle contemple son dîner servi.

C'est parti, pense-t-elle. Une deuxième fois. Sa nouvelle vie commence précisément maintenant.

50.

Le lendemain, elle se rend au service d'insertion et de probation. Elle rencontre le conseiller du service qui lui donne à signer la décision du juge concernant l'exécution de la peine. Puis il lui présente le plan de probation. Vous avez trouvé un logement, dit-il. Reste un travail. Des revenus stables. Se présenter régulièrement, une fois par mois. Et les règles de la libération conditionnelle. Tout va bien se passer, dit le conseiller, on va avancer pas à pas, un jour après l'autre.

Un jour après l'autre, a-t-il dit, et il lui a souri de manière engageante. C'est un beau jeune homme, assez jeune pour espérer encore réparer le monde. Bruna connaît ce type d'individus, elle en a rencontré en prison. Quand elle en a croisé, elle n'a pas eu à le regretter. À l'évidence, l'expérience et la maturité ne rendent pas les gens meilleurs. Pour ce qu'elle en a vu, la maturité rend cynique et dur. Elle rend plus mauvais qu'on ne l'était.

Le lendemain elle va à la banque, retire de l'argent pour le loyer et crédite les intérêts qui se sont cumulés dans l'intervalle. « Il y a longtemps qu'on ne vous a pas vue, lui dit l'employée, vous avez déménagé ? » Elle ne l'a pas reconnue, elle ne se souvient pas de la belle-fille fatale. Bruna est soulagée.

Le soir même, elle verse à Mme Raffanelli une avance sur le loyer. Le lendemain matin, elle part se déclarer à l'agence pour l'emploi. On lui donne un tas de brochures et on lui propose de s'inscrire à une formation aux nouveaux logiciels de comptabilité. Elle se rend à la bibliothèque et ouvre Internet. Étudie les logiciels et comprend que ça va être compliqué. En onze ans tout a changé – les programmes, les standards, les sigles, les lois. Elle referme l'ordinateur de la bibliothèque et sort avec une boule au ventre. Il va falloir qu'elle fasse serveuse, comme tout le monde.

Une semaine plus tard, elle trouve un emploi de serveuse dans un bar sur un marché de quartier. Le bar suit les horaires du marché : de cinq heures du matin à deux heures de l'après-midi. Cela ne gêne pas Bruna : elle avait l'habitude de se réveiller tôt en prison, quand elle arrivait à trouver le sommeil. À cinq heures, elle ouvre le stand, pendant qu'autour d'elle les fournisseurs dans les allées déchargent des cageots de courgettes, de betteraves et d'aubergines et que les commerçantes de détail évaluent la marchandise et discutent les prix. Avant le lever du soleil, elle sert un cognac industriel aux fournisseurs venus se réchauffer. D'autres clients arrivent vers sept heures pour avaler un café et parcourir les journaux avant d'aller travailler. À partir de dix heures, c'est au tour des ménagères de passer, le cabas plein, en sortant des courses. Après onze heures, ce sont les vendeurs à la sauvette qui ont écoulé toute leur marchandise et viennent arroser cela avec une bière ou un blanc limé. Ils commandent une boisson, sortent un burek au fromage emballé dans du papier et laissent à Bruna un gros pourboire. Au bout de deux semaines, elle parvient à payer son premier loyer avec l'argent gagné. Les affaires commencent à s'arranger. Reste une question non résolue, et qu'il faut résoudre : sa mère.

Sa mère arrive à Split début juillet. Elle a fait le voyage en car, en passant par Milan et Trieste, signe que la période des vaches grasses est révolue. Bruna est allée l'attendre à la gare routière. Divna descend du car, étonnamment bronzée, et la serre dans ses bras. Elle sent toujours le même parfum, celui de Massimo.

Bruna la ramène chez elle, dans son immeuble. Tout en ouvrant la porte, elle scrute la réaction de sa mère. Elles entrent dans l'appartement, et l'embarras se lit sur le visage de Divna, une expression qu'elle s'efforce de camoufler au mieux, sans que Bruna puisse déterminer si c'est son nouveau logement qui suscite chez Divna une répulsion esthétique ou s'il s'agit d'un sentiment de culpabilité.

Elles s'assoient. Bruna sert un verre d'eau à sa mère, lui propose un café, qu'elle refuse. Divna jette un coup d'œil autour d'elle, elle évalue le nouveau logement de sa fille. Sûr que ce n'est pas Biella, ici, pense Bruna. C'est le socialisme, an de grâce soixante-dix-huit. Mais c'est de ta faute, aussi, pense-t-elle. C'est de ta faute, aussi, si je suis là.

Durant les années qu'elle a passées en prison, elle n'a jamais vraiment bien compris en quoi consistaient les affaires de sa mère. Mais entre les allusions, les demi-vérités et les bouts de réponses extorqués, elle en a déduit que l'argent du vieil appartement du quartier de Skalice, grosso modo, s'était volatilisé. Il avait disparu en bonne partie dans la colossale aventure commerciale de Massimo et de sa mère, un restaurant de poisson maison situé dans une anse sur une île. Ils avaient dû trouver l'idée magique, tous les deux, pensait Bruna. Massimo plongerait et pêcherait le congre, le denté et le pagre. Divna les cuisinerait et les servirait dans cette lagune paradisiaque, dans la partie reculée de Drvenik Veli, au bord d'une plage émeraude, à l'abri du soleil sous des canisses. En août, ils attireraient des clients italiens, ils s'assoiraient sous la tonnelle avec des architectes et des avocats de Padoue ou de Trévise. Le soir, fatigués, ils écouteraient le chant des cigales et se réveilleraient en Arcadie, à des kilomètres du tumulte automobile. Ça paraissait une bonne idée, mais là où c'est parti de travers, Bruna ne pouvait l'imaginer qu'à moitié. Il fallait prendre le bateau pour aller chercher le charbon pour les grillades, les bouteilles de gaz et l'essence pour le groupe électrogène : une demi-heure de navigation par mer belle ou peu agitée. De même pour les bouteilles d'eau, le vin, les jus de fruits. Quand leur hors-bord est tombé en panne, il a fallu congeler du vieux pain pendant des jours. Il n'y avait pas l'eau courante dans la baie, pas de réseau électrique, pas de réseau Internet. Et puis les impôts, l'administration, le percepteur, le système de paiement par carte, les acomptes trimestriels de TVA. L'entretien des bouées, les réparations de la cuisine, du groupe électrogène, des réchauds à gaz. Les contrôles d'hygiène, les taxes forfaitaires, la concession de bien du domaine maritime, le bail communal. Un dessous-de-table par-ci, une provision par-là. Et naturellement, la saison touristique devait s'étaler sur six semaines, huit au plus, car les premiers assauts de la bora à l'Assomption vidaient la baie. Bruna ne sait pas précisément comment cela s'est terminé, mais elle imagine. Un jour, sa mère, le visage noirci par le charbon, rougi par la chaleur du grill, essoufflée, était en train de retourner les calamars à la cuisson, et elle a dit : non. Cette vie ne lui plaisait pas. Ce n'était pas la vie facile, insouciante pour laquelle elle s'était battue corps et âme. Et c'est ainsi que le restaurant dans la baie a disparu, effacé de la vie de Divna, et avec lui les dizaines de milliers d'euros acquis grâce à la vente de l'appartement.

Pendant que Divna se débarrasse de ses affaires, Bruna sert le déjeuner, simple, bon marché, de saison : des haricots cuits à l'eau, des tomates coupées en tranches, du poulet. Autrefois elle aurait cuisiné des courgettes pour aller avec le poulet, mais Bruna ne mange plus de courgettes : elles lui rappellent le jour où elle a commencé à empoisonner Anka. Elle met le couvert et attend sa mère. Divna doit partager son repas avec elle. Elle doit manger avec une empoisonneuse : cela fait partie de leur pacte tacite de conciliation.

Divna entre dans la cuisine, vêtue d'une petite robe d'été au motif fleuri. Elle s'assoit à table, sert le vin et regarde Bruna. Elle a vieilli, pense Bruna. Mais elle vieillit différemment. On dirait une vieille Italienne – en dépit de ce que les années ont abîmé, elle est toujours mince, bronzée et bien mise.

Tout en mangeant, elles discutent. Bruna lui raconte son programme de probation, les conditions posées à sa libération, son nouveau travail. Divna fronce les sourcils. Elle aimerait que tout cela n'existe pas, qu'on puisse balayer le destin de Bruna d'un revers de main, comme une grosse mouche. Quand un proche commet quelque chose de mal, il est courant qu'on se raconte des histoires. On échafaude un imbroglio plausible, parce que c'est plus facile ainsi. C'est la faute aux circonstances, à la victime, à des tiers, au diable qui s'est emparé de l'un ou de l'autre. Bruna aimerait bien connaître l'histoire de Divna. Quelle histoire Divna se raconte-t-elle sur sa fille meurtrière – si tant est que cette histoire existe.

Divna enfourne dans sa bouche une fourchetée de haricots à l'ail, Bruna la regarde. Et subitement elle prend la parole, elle dit ce qui lui a trotté dans la tête tout l'après-midi.

— J'aimerais qu'on aille marcher, dit Bruna. Qu'on aille faire un tour en ville ce soir, toutes les deux.

J'aimerais que tu fasses quelque chose pour moi. Quelque chose qui t'effraie et te fait horreur. Que tu accomplisses un ultime sacrifice maternel. Voilà ce que pense Bruna, mais elle ne le dit pas. Elle dit seulement : « J'aimerais qu'on aille marcher. »

Divna acquiesce d'un signe de la tête. Elle se lève, et c'est comme si elle allait à l'échafaud. Elle passe dans la chambre, se change et revient apprêtée. Durant tout ce temps, elle affiche une mine impénétrable, parfaitement paisible, mais Bruna sait que sa mère est rongée de peur. Cette peur fait partie de son plan, de ses petites représailles.

Elles quittent l'immeuble, le quartier. Elles se dirigent vers le centre, vers le tumulte de la ville au pic de la saison touristique. Elles passent près de la faculté de théologie, une ancienne maternité, puis prennent le passage couvert derrière l'opéra. À mesure qu'elles approchent du centre, la foule devient plus dense, les rues débordent de Splitois et de touristes, de musiciens et de vendeurs de pop-corn, de loueurs de bicyclettes, de marchands de glaces et de porteurs de panneaux publicitaires. En même temps qu'elles plongent dans la cohue, Bruna observe le visage épouvanté de sa mère qui s'allonge et se raidit, qui ne cille pas. Divna regarde autour d'elle et attend. Elle attend le moment où quelqu'un va la reconnaître. Où quelqu'un va *les* reconnaître. Où quelqu'un va passer – une vieille amie, une camarade de classe, un voisin – qui va la remarquer, qui va voir au bras de qui elle se tient. Au bras de la belle-fille fatale.

Et tandis qu'elles avancent au milieu de la foule, Bruna observe ces centaines de silhouettes anonymes. La majorité sont des touristes, ils lèchent des glaces, mangent des triangles de pizza, se prennent en photo à l'aide de longs bâtons dont Bruna – empotée dans une nouvelle époque – ne sait pas à quoi ils servent. Et à chaque instant, dans cette masse de gens, il y a un visage différent qui s'éclaire. Quelqu'un du coin, quelqu'un qui lit le journal, ou bien qui a lu le journal à l'époque où la photo de la belle-fille fatale était publiée tous les jours dans la presse. Dans cette masse de gens, Bruna repère ici et là un regard qui s'arrête puis glisse sur elle, une mine qui s'assombrit, une grimace réprobatrice. C'est comme ça maintenant, en juillet. Mais viendra octobre, puis novembre. Les touristes partiront, la ville se videra, les autochtones se retireront au creux des centres commerciaux. La ville restera déserte et pluvieuse. Et quand elle traversera la ville, elle pourra identifier sur chaque visage la même interrogation – qu'est-ce qu'elle fait là, celle-là ?

À cet instant, Bruna comprend. Elle comprend et s'étonne qu'une chose aussi simple ne lui ait pas paru évidente avant. Elle ne pourra plus vivre dans cette ville.

Elles débouchent sur la promenade, sur le front de mer. C'est le cœur de la foule, la matrice de la ville, le finale de sa petite vengeance. Pendant qu'elles avancent parmi tous ces gens, Divna la tient par le bras, qu'elle serre de plus en plus fort. Elle a une peur épouvantable. Mais elle tient ferme, elle endure avec courage ce qui constitue pour elle une pénitence.

— Je ne pourrai plus vivre ici, dit Bruna tout d'un coup, pas après tout ce qui s'est passé.

— Je sais, répond sa mère. Moi aussi, je suis partie pour ça.

Elles marchent et Bruna pense à ce que Divna vient de dire. Et subitement un nouveau regard s'ouvre à elle. Elle voit Divna qui fait ses courses, déambule en ville, et partout autour d'elle il y a les gens et leurs journaux ouverts, et dans ces journaux, son visage, le visage de Bruna. Elle voit Divna que les gens regardent, et ils se disent : la mère de la tueuse. Elle voit Divna qui s'échappe jusque dans les Alpes, simplement pour enfin vivre dans un lieu où personne ne sait ce que sa fille a fait. Elle a fui dans ces montagnes, là où personne ne sait, pas même Massimo, l'homme avec qui elle dort et ouvre des restaurants.

— Écoute-moi, dit Divna. Si tu veux partir, il y a un endroit. Un endroit bien.

Bruna la fixe avec curiosité.

— L'homme qui a repris le restaurant à Drvenik après nous, il s'appelle Goran. Il nous doit une belle chandelle. On lui a filé un bon coup de main à l'époque. Si tu as besoin d'un travail, je peux l'appeler.

Bruna se tait, elle pense. Les deux femmes continuent d'avancer à travers la foule, puis elles bifurquent, prennent des escaliers et se dirigent vers la maison en passant par les faubourgs baroques de pierre. Elles gardent le silence tout le long du chemin. Une fois dans l'appartement, Bruna s'assoit à la table. Elle regarde autour d'elle, le vieux four, le store qui ne s'ouvre pas. Elle écoute ce moment paisible de la fin de journée, le calme de cet immeuble datant du temps de l'État ex, où d'ex-communistes et d'ex-fascistes, d'ex-officiers et d'ex-combattants volontaires prennent le frais et plongent ensemble dans la torpeur du soir méridional. Elle se lève, se sert un verre d'eau et l'avale d'un trait. Elle regarde sa mère. Divna lui sourit. Elle lui sourit aussi. Ma mère, pense-t-elle. C'est ma mère.

Le lendemain elle accompagne Divna à la gare routière. C'est un rez-de-chaussée en tôle et en verre sans attrait, un pauvre bâtiment provisoire dont la capacité a depuis longtemps été débordée par l'afflux touristique. Entourées de Japonais, de Coréens et d'Australiens, Divna et Bruna attendent le car pour Trieste. Quand le bus se range le long du quai, elles se prennent dans les bras. Elles s'étreignent sans un mot, se serrent longtemps, étroitement. Bruna éprouve d'un coup un drôle de sentiment inattendu, un sentiment que sans doute les gens éprouvent à l'égard de leur mère. Mais pour Bruna, c'est nouveau, c'est suave et enivrant. Elle serre sa mère fort et elle aimerait que ça dure.

— Faut y aller, dit-elle.

— Je sais, répond Divna.

Elle la lâche et redresse son chapeau. Elles se regardent et Bruna sait que c'est le moment.

— J'ai réfléchi, dit-elle. Je veux bien que tu appelles cet homme au restaurant. J'irais bien travailler là-bas.

— Je vais l'appeler, dit Divna, et elle sourit encore, avec cette expression nouvelle pleine de douceur.

Elle monte dans le car et va s'asseoir près de la vitre. Bruna la regarde pendant qu'elle s'installe et que la portière se referme, elle suit des yeux le colosse à deux étages qui manœuvre pour quitter la gare, et elle se sent étonnamment pleine de vigueur. Comme si elles étaient entrées ensemble dans un bain chaud purificateur qui les avait dépouillées de leur vieille peau et en étaient sorties toutes neuves.

Le car disparaît dans le virage. Bruna fixe ce point où il n'y a plus rien, puis fait demi-tour et rentre chez elle.

51.

Il y a une chose qu'elle doit faire avant de partir. Bruna sait qu'elle doit retourner à Kman, une dernière fois. Voir la maison dans laquelle tout est arrivé.

Il ne s'est pas déroulé une semaine depuis son retour sans que Bruna y pense, mais elle n'a pas encore osé y aller. Aujourd'hui, la veille de son départ pour l'île, c'est la dernière occasion. Elle quitte son appartement et part à pied. Elle passe à proximité de lieux familiers : son ancienne agence comptable, la faculté de droit, le tribunal. Elle passe près de cette mocheté d'église en béton dans laquelle elle s'est mariée. Elle entre dans son ancien quartier. Elle progresse entre les maisons individuelles, les garages et les jardins potagers, effrayée à l'idée qu'un ancien voisin la reconnaisse et la fusille du regard. Mais il n'y a personne dans les cours : c'est le milieu de la matinée, les gens sont au travail, à l'école, et ceux qui n'ont rien à faire sont à la plage.

Au fur et à mesure qu'elle s'approche de son ancien domicile, Bruna sent grandir en elle une nervosité désagréable. Parvenue à l'angle de sa rue, il s'en faut de peu qu'elle abandonne. Elle s'arrête à l'ombre d'un laurier-rose, à un endroit où la maison d'Anka n'est pas encore visible. Il est encore temps de renoncer. Mais elle ne renonce pas. Elle avance de deux pas, comme on se jette dans l'eau glacée. Et alors elle la voit.

En onze ans, la maison d'Anka n'a pas changé. Elle est comme dans son souvenir : une bâtisse en béton sur trois niveaux, grise et massive, avec de grandes volées d'escaliers et des fenêtres mansardées. L'œuvre d'Anka, sa prison parfaite, la coque de béton de son emprise.

La maison n'a pas changé. Mais le jardin potager, oui. Anka était une femme de la campagne, elle aimait avoir ses échalotes, ses choux, ses fèves. Maintenant il n'y a plus d'espace cultivé. Un gazon anglais a remplacé les plates-bandes de légumes. Un barnum, des coussins, des fauteuils sont disposés sur l'herbe. Mirela a marqué le domaine de son empreinte, du décorum comme il faut, du bourgeois prétentieux.

Bruna s'approche encore. Aucune trace de vie dehors, mais il doit y avoir quelqu'un à la maison : un arroseur est en marche dans le jardin, les fenêtres sont grandes ouvertes et on entend de la musique en sourdine – peut-être, elle n'est pas tout à fait sûre – d'une radio à l'intérieur.

C'est alors que quelqu'un sort dans la cour. C'est un grand jeune homme dégingandé, aux bras démesurés et aux épaules arquées, vêtu d'un bermuda et d'un tee-shirt. Dans un premier temps elle ne le reconnaît pas. Mais elle fait bientôt le lien entre le garçon qu'elle a devant elle et un visage remontant du passé. C'est le fils de Mirela. En onze ans il a grandi, il s'est allongé. Ses cheveux sont plus clairs, ou peut-être sont-ils teints. Il ne reste plus que des traces de la silhouette de l'enfant timide aux cheveux noirs dont elle se souvient. Il ressemble maintenant davantage à Slavko, son père. Le teint plus clair, les membres longilignes, voûté comme s'il était gêné d'être plus grand que tout le monde, le vrai clone de son paternel.

Bruna est debout dans la rue, de l'autre côté de la chaussée, et le jeune homme tourne les yeux dans sa direction. Leurs regards se croisent, mais elle ne décèle aucune surprise, aucun trouble dans celui du jeune homme. Pour lui, il s'agit tout juste d'une passante curieuse, qui pour une raison quelconque lorgne dans leur cour. Il ne l'a pas reconnue. Si on a parlé d'elle en famille, s'il se souvient d'elle, le petit garçon n'a pas mémorisé son visage.

Elle regarde encore une fois la maison, une dernière fois avant de partir. Elle observe la marque de Mirela à l'étage du bas. Des petits rideaux ont fait leur apparition aux fenêtres, la rampe de l'escalier a été repeinte dans une couleur vive, des vases en plastique y sont accrochés. En comparaison, l'étage du haut – leur ancien étage – est ascétique. Les fenêtres sont bien entretenues mais vides, sans décoration, sans rideau, sans pot de fleurs, sans linge sur la corde à linge. Il n'y a même pas de corde à linge. Elle ne sait pas si Frane vit toujours là-haut, il est peu probable qu'il en soit autrement. Mais si c'est le cas, alors il vit seul, ou bien il revient rarement. L'étage n'a pas l'air d'être habité par une famille. Pour une raison bizarre, cela fait plaisir à Bruna. Elle se déteste de penser cela. Elle aimerait que ça lui soit égal. Mais ça ne lui est pas égal, ça lui fait plaisir.

Le fils de Mirela l'observe maintenant avec étonnement : il ne la reconnaît pas, mais il s'étonne. Il est temps qu'elle s'en aille. Elle n'a pas envie de les croiser : ni Mirela, ni surtout Frane.

Elle rebrousse chemin. Elle marche loin, longtemps, jusqu'au moment où elle ressent un coup de mou. Elle trouve un bar de quartier, s'assoit et commande un Bitter Lemon. Le goût amer la remet d'aplomb. Elle est assise et observe le côté impersonnel de cette rue impersonnelle – un immeuble moderne des années soixante-dix, des voitures garées, un kiosque à journaux, une rangée d'arbres mal entretenue. Un petit bout de sa ville sans aucune importance, un coin marginal qu'aucun touriste ne viendra photographier, qui n'apparaîtra sur aucun profil Facebook. Une rue dans laquelle elle aurait pu grandir. Où elle aurait pu faire de la bicyclette, jouer à saute-mouton. À l'arrière du kiosque, allumer sa première cigarette, boire de la bière avec la bande de l'école. Des centaines, des milliers de gens ont grandi dans cette rue et dans une foule de rues pareilles. Des gens qui n'étaient en rien différents d'elle. Ils ont vécu là des vies banales, comme l'était la sienne, comme aurait dû l'être la sienne. Mais eux ont continué à vivre une vie banale, quand celle de Bruna a cessé de l'être depuis longtemps. Elle sait que sa vie n'est pas ordinaire, mais elle ne comprend toujours pas pourquoi.

Elle paie. Elle ne laisse pas de pourboire, elle n'est pas assez riche pour ça. Elle se lève et poursuit son chemin. Elle déambule un long moment sans but dans la ville, assez longtemps pour que le ciel à l'ouest commence à s'empourprer. Le soir est déjà tombé quand elle rentre chez elle. Aussitôt elle se met au travail. Elle lave la cuisine, balaie le sol, pour que la propriétaire retrouve un appartement propre. Elle rassemble les quelques affaires qu'elle possède et les fourre dans un sac.

Il fait nuit quand elle a fini de tout préparer. Elle éteint la lumière et sort sur le balcon. S'installe sur une chaise pliante dans l'obscurité complète. Au-dessus d'elle, en dessous, à côté, elle entend les voix de ses voisins qui marmonnent sur leurs balcons, la braise d'une cigarette rougeoie ici ou là. Elle est assise et contemple le spectacle qui lui fait face. La ville nocturne s'étend à ses pieds : avec ses lumières qui clignotent, ses phares automobiles rouges, le scintillement bleu des écrans plasma. Le raffut des discothèques, les projecteurs dans le ciel, un feu d'artifice au loin, inaudible, dans un restaurant de la baie. Et puis à un moment, quelque part, des feux de Bengale. Une noce.

Et derrière tout ça, la mer, sombre, tranquille, tellement tranquille, qu'on la dirait encore étonnée de toute cette ruche humaine. La mer, qui était là avant elle et qui sera toujours là quand tout ça aura disparu.

Bruna se tient sur le balcon, elle respire la brise légère venue de la mer et elle la contemple une dernière fois. Elle contemple la ville dont elle avait pensé jusque-là qu'elle y mourrait.

Huitième partie

52.

Elle se lève tôt, avant le lever du jour. Elle a pris cette habitude en prison et elle ne l'a plus perdue. Ici, sur l'île, c'est une habitude bienvenue. L'insomnie en ville est une maladie – sur une île, où tout le monde se lève avant l'aube, elle est un état naturel.

Elle se lave à l'eau froide et se prépare un café turc. Pendant que l'eau chauffe pour le café, elle tire le rideau et jette un œil dehors. Deux lampadaires éclairent la promenade sur le front de mer. Le phare clignote à la pointe du môle. Mais hormis ces trois points pâles, tout ce que Bruna voit est enveloppé d'une obscurité douce et somnolente. Une poignée de maisons en bas du village se pressent autour de la façade de l'église baroque. Dans la madrague, des petits bateaux ballottent sur la mer agitée, recouverts de bâches pour l'hiver. Le lieu est silencieux et sans vie. Il hiberne et attend le mois de juin, le mois où la vie commence.

Elle avale son café debout et regarde l'heure. Six heures. Il est temps qu'elle y aille.

Elle met la casserole de café à tremper dans l'eau glacée. Elle enfile un manteau, des tennis et sort de la maison. Elle remonte la calade jusqu'en haut, les dalles régulières cèdent rapidement la place à des pavés bosselés puis à un chemin de campagne. Elle dépasse les dernières maisons du village. Elle poursuit sur le chemin de campagne entre les murs de pierre sèche, passe près d'une citerne abandonnée et d'une croix en pierre. Elle avance entre les figuiers rendus à l'état sauvage, les cistes et les caroubiers, jusqu'à ce que le terrain commence doucement à redescendre. Elle débouche bientôt sur le versant opposé de l'île. Devant elle s'ouvrent le large et le chenal à l'est.

Le soleil vient de se lever et la mer vibrionne sous le flot rouge de lumière comme une plaque pourpre agitée. Bruna s'arrête au sommet de la colline et reprend son souffle. Elle contemple le spectacle à ses pieds. Elle contemple la baie.

C'est une baie peu profonde. La côte est basse, peu découpée, et se transforme à chaque bout en bancs rocheux. Au large, deux îlots boisés ferment l'anse, ils offrent une protection pour le mouillage face au vent du sud et donnent à l'endroit des airs de carte postale. Le lieu abrite une madrague avec un môle en forme de coude et quelques maisons de plain-pied. Le fond de la mer est constitué de sable blanc, et même là il scintille, dans la demi-clarté de l'aube. L'été, le sable donne à la mer une couleur d'émeraude, qui vaut à la baie sa nouvelle dénomination touristique.

Le Blue Lagoon – c'est comme ça qu'on la désigne. Ce n'est pas son vrai nom. Autrefois elle s'appelait autrement, elle avait un nom qui râpe, qui racle, avec plein de consonnes et d'accents slaves sur les lettres. Mais ce vieux nom rugueux imprononçable, seuls les locaux l'utilisent. Pour tous les autres – les restaurateurs, les loueurs de barques et les agences –, cette baie s'appelle le Blue Lagoon.

Le Blue Lagoon. Le refuge final, ultime de Bruna.

Si elle voulait se fixer loin des regards, alors cette île était bien le bon endroit. Si bien qu'elle avait su aussitôt qu'elle y resterait toute sa vie.

Elle est suffisamment retirée pour n'être connectée au continent que par une seule liaison maritime, et les trajets sont rares et lents. Et suffisamment petite pour qu'il n'y ait pas de route et pas de voiture. Les seuls moyens de locomotion sur l'île, ce sont deux motoculteurs dont le débardeur du port se sert pour décharger les briques et le ciment qui viennent de la ville. Évidemment, l'île ne compte qu'une localité ramassée au fond de la baie, recroquevillée autour de la coque d'une église baroque inachevée. Le village est également suffisamment petit pour ne pas avoir de mairie, de police, d'avocat, de médecin, de dentiste ou de capitainerie. Il y a une école élémentaire qui compte quatre classes, un office du tourisme, un curé et un boulanger. À quoi s'ajoutent durant l'été un bar de la plage et un marchand de glaces. L'hiver, non. L'hiver, il n'y a qu'un café, dans lequel Bruna travaille comme serveuse, de quatre heures de l'après-midi à dix heures du soir.

Bruna vit là, à Drvenik Veli, depuis deux ans. D'octobre à mai, elle travaille au café du village. De juin à septembre, dans la baie. Elle travaille dans ce lieu de cocagne imaginé par Massimo et sa mère, ce restaurant situé loin des dernières maisons, dans une zone de mouillage que recommandent les guides nautiques en italien, anglais, tchèque et hongrois. De juin à septembre, elle cuisine, lave les assiettes, coupe le pain, change les ampoules, entretient le groupe électrogène et le moteur hors-bord, attend la barque de ravitaillement et la décharge. Elle travaille pour le patron du lieu, qui s'appelle Goran. C'est lui qui a repris l'affaire quand Divna et Massimo ont fait faillite.

C'est comme ça l'été. Maintenant, on est en décembre. Les journées sont courtes, il fait sombre, les tempêtes et les pluies lourdes s'amassent au-dessus de la Dalmatie. Les touristes sont partis, même les touristes du week-end sont partis, il ne reste plus sur l'île que les quelques dizaines de vieux qui forment sa population hivernale. L'hiver, Bruna travaille comme serveuse dans l'unique café en activité en dehors de la saison touristique. Elle ouvre le lieu à quatre heures et met à chauffer le percolateur. Sur le pas de la porte, elle ramasse le courrier, les factures et les journaux, qui sont déjà périmés et maltraités par l'actualité au moment ils parviennent sur l'île. Elle allume le poêle. Allume l'écran avec le télétexte de la centrale des paris. Et puis elle attend – elle attend les clients, quand il en vient.

Parfois elle passe tout l'après-midi et toute la soirée seule, les yeux rivés sur la télé avec le son en sourdine. Quelquefois, des clients font un saut : des villageois qui tapent le carton, ou des marins célibataires entre deux missions, ou des ouvriers du bâtiment venus de Bosnie pour l'hiver, qui travaillent à la saison morte sur la construction et la couverture d'une villa avec des appartements à louer pour les vacances. Quand viennent des clients, Bruna discute avec eux, elle a la conversation économe et polie, quelquefois elle gratifie l'un d'eux d'un sourire réservé. Elle leur sert une *bevanda*, du vin blanc coupé à l'eau, leur prépare un café au goût de lavasse. Elle les écoute se disputer au *tressette* pour un *accuso*, un *striscio* ou un *carico*. Et pile à dix heures, elle les met dehors et éteint la lumière. Et quand elle éteint la lumière, c'est l'île qui s'éteint pour ce soir.

C'est le travail de Bruna six jours par semaine. Le vendredi, c'est différent. Le vendredi, Bruna quitte la maison tôt le matin. Elle enfile des tennis et traverse l'île. Elle passe à côté de la citerne et de la croix de pierre, gravit la colline jusqu'au sommet et passe sur l'autre versant.

Le vendredi, Bruna va dans le Blue Lagoon. Elle va faire le tour de la propriété de Goran, qui demeure vide et déserte pendant l'hiver, exposée au vent, à la pluie et aux vagabonds. Chaque vendredi, Bruna traverse l'île pour aller constater les dégâts causés dans la semaine par le sirocco, la bora ou les casseurs.

Et c'est encore la même chose aujourd'hui. Bruna grimpe jusqu'au sommet de la colline. Elle passe la crête, quitte le macadam et prend un sentier qui serpente à travers les caroubiers et les genêts. Autrefois, avant le phylloxéra et l'industrialisation, les paysans de l'île utilisaient ce sentier. Mais il n'y a plus de paysans et plus personne n'emprunte le sentier. Ceux qui vont dans la baie pendant l'été ne s'y rendent pas à pied, ils font le tour en bateau. L'hiver, quand la mer est mauvaise, ça devient difficile de faire le tour. Mais en hiver, personne ne va dans la baie. Personne à part Bruna.

Au bout d'un moment, le sentier rétrécit et devient escarpé. Il descend jusqu'à la mer et débouche sur une grève sale et caillouteuse. Bruna atteint le rivage, passe à côté d'un hangar à l'abandon et de la madrague où personne en ce moment ne tient son bateau – c'est la saison du sirocco. Elle longe un mur de pierre sèche fait de moellons grossiers et arrive devant une porte de jardin en bois. Elle tire une clé de son sac. Ouvre la porte et entre dans la cour.

Elle s'arrête et regarde autour d'elle pour évaluer la situation.

53.

Bruna est venue dans le Blue Lagoon pour la première fois il y a deux étés. L'endroit était exactement comme elle l'avait imaginé à partir de ce que Divna lui avait raconté. Une baie orientée à l'est, propice au mouillage, à l'abri du maestral soufflant d'ouest en été. Le fond de la baie est nu, constitué de sable, la mer a des reflets bleutés, polynésiens. À la surface de la mer, des bouées. Pendant l'été, des millions de kunas investis dans des biens mobiliers ballottent à hauteur de ces bouées : des Menorquin, des Ferretti, des Apreamare, des morceaux de plastique flottant coûtant fabuleusement cher, aux lignes courbes et pointues, aux équipements en inox étincelant et aux ponts d'une propreté et d'une blancheur irréelles. Et tandis que des fortunes entières sont ancrées en mer, on distingue sur la terre ferme les reliques d'une pauvreté séculaire. D'anciens murets en pierre sèche délabrés. Entre eux, d'anciennes oliveraies, d'anciennes vignes, du pyrèthre, de la lavande et des grenadiers, tout cela en mode ancien, tout cela mangé par le maquis et la broussaille triomphante. Et au milieu des ronces et de la garrigue, le restaurant. Il est situé au bord de la madrague au creux de la baie. Enchâssé dans un ensemble de pavillons de plain-pied qui auront contourné l'interdiction stricte de toute construction en passant auprès de l'inspection pour une rénovation de bâtiments d'exploitation. Dans le vieux hangar à voiles, il y a la cuisine. Dans la remise aux outils, le groupe électrogène, le stock de conserves et de bouteilles de gaz. Dans l'ancienne étable à cochons, la réserve de bois. Derrière la maison, à une distance convenable, le barbecue en pierre pour les grillades. Devant le restaurant, une tonnelle au couvert dense de canisse et de vigne. Dessous, à la fraîche, des tables en bois massif sont disposées entre les pins et les tamaris, des tables aujourd'hui mouillées par la pluie.

L'été, c'est ici que Bruna vit et travaille. Elle se lève à cinq heures et coupe du bois avant qu'il fasse chaud. Quand elle a fini, elle prépare le barbecue pour les grillades et les cuissons sous cloche. Elle réveille Goran qui dort dans l'entrepôt au sous-sol, il a choisi cette pièce car c'est la plus fraîche au moment des grandes chaleurs des mois d'été. Vers six heures, Goran part au village en canot pneumatique. Pendant qu'il s'occupe des courses, Bruna ramasse des légumes pour la salade, coupe des oignons, épluche des pommes de terre. Vers huit heures, Goran est de retour, le canot chargé de provisions : du lait, du pain, de l'essence, du café, du sel. Bruna l'aide à décharger la marchandise. À neuf heures arrive le pêcheur à qui Goran achète le poisson. Pendant qu'ils sont dans la baie à discuter du prix, Bruna lave les blettes et prépare le fumet de poisson. Puis Goran revient avec le poisson et Bruna le nettoie. Quand elle a fini, elle donne les viscères aux chats et allume le feu. La tambouille peut commencer.

Les premiers touristes débarquent de leur voilier aux alentours de onze heures – en général juste pour un café ou une grappa. Vers midi, ils commencent à déjeuner. Bruna s'occupe de la cuisine. Elle grille les daurades, loups, calamars, marbrés, qu'elle sort au fur et à mesure du congélateur. Elle ravive les braises, cuit sous cloche les pommes de terre nouvelles, les poulpes, les queues de lotte. Quand le poisson est à point, elle le dispose sur les assiettes avec des blettes et du citron. Elle prépare la salade de tomates et d'oignons. Coupe du pain. Prépare les assiettes de fromage à l'huile, qu'elle agrémente de fenouil marin et de câpres. Elle cuit les courgettes et les aubergines. Sort de la glace du bac. Recoupe du pain. Tire du vin du cubi. Pendant ce temps, Goran s'occupe du service. Il fait la conversation avec les clients dans un italien ou un allemand cahoteux. Il les encaisse et, s'il lui prend l'envie, il les gratifie d'une liqueur de caroube.

C'est le soir qu'il y a le plus de travail. Quand la nuit commence à tomber, les occupants de tous ces bateaux ayant coûté très cher prennent place dans des canots pneumatiques, viennent s'amarrer au môle et convergent vers la tonnelle de vigne. Ils mangent et boivent jusqu'à tard dans la nuit, et tout ce qu'ils mangent a été préparé par Bruna. Les spaghettis aux clovisses et au vin blanc. Le brodet de langouste. Le loup au four. Les queues de lotte aux câpres. Les moules à la buzara. Bruna coupe, cuisine, enfourne, grille, braise, pane, rissole jusqu'aux alentours d'une heure du matin, jusqu'à ce que le calme revienne sur la terrasse et que les derniers clients – les plus bruyants la plupart du temps – retournent vers les canots pneumatiques en titubant. Quand tout le monde est parti, Bruna ramasse les serviettes en papier, les mégots, les rogatons, les arêtes. Elle lave la terrasse, récure les tables. Pendant ce temps, Goran nettoie le barbecue et lave les assiettes.

Quand ils ont terminé, Bruna s'assoit à la table près de la porte de la cuisine, la plus à l'ombre. Goran vient la rejoindre. Comme par accord tacite, il apporte une bouteille givrée d'anisette et leur sert deux petits verres. Bruna étend ses jambes sur le banc en bois, prend le verre froid dans une main et déguste le liquide jaune. Ils sont assis, silencieux, le ciel étoilé au-dessus de la baie se déchaîne, on entend des voix tranquilles du côté des bateaux à l'ancre, des bruits de pompes à eau, de sexe et de toux. Ils restent ainsi longtemps attablés, mais ils parlent rarement. Bruna trouve agréable de se taire avec Goran.

Parfois, pas très souvent, quand elle n'est pas fatiguée, Bruna se glisse dans la pièce de Goran au sous-sol. Elle entre dans sa chambre, se déshabille et s'allonge près de lui. Elle commence à caresser son torse et ses hanches, jusqu'à ce qu'il ait une érection. Alors elle grimpe sur lui et le fait entrer en elle.

54.

Ça a soufflé sacrément cette semaine. Un vent de sud pénible, par grandes vagues entêtantes, a balayé la baie jusqu'à mercredi. Et puis la nature a réagi en contrecoup : mercredi, le temps a viré à la bora, des coups de vent brefs et violents, jetant sur les côtes l'air glacé des montagnes de Bosnie. Toute la journée de jeudi, l'île a tremblé et haleté sous les bourrasques. En fin d'après-midi, les villageois sont sortis dans les cours et sur le front de mer pour balayer les débris et réparer les dégâts. Bruna imaginait qu'il devait y avoir pas mal de désordre au restaurant et c'est bien le cas.

Il y a partout éparpillées des branches et des feuilles dans le jardin et la véranda, des sacs en plastique que le vent a apportés depuis le continent à travers le chenal. Les rafales de bora ont cassé des branches dans le bois et brisé la vitre dans les toilettes. Le petit laurier-rose qu'ils ont planté en mai est transi de froid. Le vent du sud a rabattu sur la plage des bidons en plastique, des bouteilles et des pneus.

Elle attrape le trousseau de clés et ouvre une à une toutes les pièces : la cuisine, le cellier, la réserve de bois, la remise qui abrite le groupe électrogène. Les lieux sont restés longtemps bouclés et sentent l'humidité et le renfermé. Elle ouvre grandes les fenêtres pour laisser pénétrer l'air froid et vivifiant de la bora.

Elle balaie la cour, entasse les feuilles dans le compost, les branches dans la réserve de bois. Elle nettoie les tables. Ramasse les débris de verre, obstrue la fenêtre cassée avec une bâche en plastique. Après quoi elle s'attaque à la plage. Elle ratisse le crin de mer et les algues sèches, collecte les pneus et les bouteilles qu'elle jette en tas. Elle vérifie le compteur. Ouvre le regard du groupe hydrophore. L'appareil est enveloppé dans une pelote de chiffon et de chanvre. C'est bien, pense-t-elle, la valve n'a pas gelé.

Quand elle estime que le restaurant a été suffisamment aéré, elle referme toutes les pièces, met un tour de clé. Elle jette un dernier coup d'œil dans la cour, repasse rapidement le balai. Et quand tout est fini, elle va s'asseoir sur la grève et contemple le ciel qui se fronce avant la pluie. Quand elle sera de retour au village, elle appellera Split. Le numéro qu'elle compose tous les vendredis.

Elle demandera Goran pour lui dire, comme tous les vendredis, comme toujours, que tout est sous contrôle dans la Lagune bleue.

55.

Cela fait deux étés que Bruna baise avec Goran. Cela a commencé de manière imprévue et soudaine, de son fait à elle.

Le premier été, elle a remarqué que Goran la regardait – qu'il la regardait en tant que femme. Elle voyait du coin de l'œil qu'il matait ses mollets, ses fesses et ses seins sous son maillot mouillé de sueur. Il ne lui a fait aucune cour. Il n'a fait aucune approche, et Bruna savait qu'il ne le ferait pas car il avait une femme et des enfants d'âge scolaire à Split. C'est elle qui l'a abordé. Une nuit, elle est entrée sans bruit dans la chambre au sous-sol. Elle est restée debout au-dessus de son lit pour être sûre qu'il la distinguait dans l'obscurité. Alors elle s'est déshabillée et s'est glissée contre lui. Il s'est figé, paralysé, mais son membre s'est raidi et il ne fallait pas plus à Bruna que cette réaction. Elle s'est assise sur lui et a commencé à se cambrer en laissant échapper de longs soupirs. Au bout de douze ans, elle avait besoin d'un homme.

Durant tout l'été, elle est entrée ainsi dans sa chambre – pas tout le temps, pas toutes les nuits, mais souvent, suivant un programme irrégulier et capricieux. Goran n'a jamais fait le premier pas, il n'a jamais mis les pieds dans son réduit. Mais quand elle pénétrait dans la chambre au sous-sol, elle savait qu'il était réveillé et qu'il l'attendait.

Ils n'ont jamais parlé de leur relation – si tant est que ce fût une relation. Celle-ci n'avait d'existence que durant cette quinzaine de minutes. Il n'abandonnera pas sa famille, et Bruna ne veut pas cela. Ils n'ont jamais passé la nuit ensemble : quand ils avaient fini de baiser, Bruna se levait et repartait dans sa chambre, dans sa solitude tranquille. Ils ne s'embrassaient pas, ne se prenaient pas dans les bras, ne se touchaient pas. Ils n'ont jamais échangé le moindre mot sur ce qui s'était passé la nuit précédente. Ils ne parlaient que du travail, de ce qu'il y avait dans le réfrigérateur, de la réserve d'eau, de provisions de pain ou du moteur hors-bord qui fatiguait, dont les bougies étaient vieilles et qui avait besoin d'une réparation. Au matin, Goran était seulement chef et elle seulement employée.

Cela a duré comme ça tout le premier été. Et en octobre ils ont fermé le restaurant. Ils ont balayé ensemble la terrasse, mis de l'ordre dans le jardin, nettoyé la grève, gratté les grills et relavé toute la vaisselle. Ils ont isolé la pompe à eau avec des chiffons et du chanvre, protégé les citronniers avec des voiles d'hivernage. Une fois tout cela terminé, Goran a fermé la cour et remis la clé à Bruna. Ils sont restés un bref moment debout côte à côte, sans trop savoir comment se séparer. Bruna lui a tendu la main et il la lui a serrée. Puis Goran, après une courte hésitation, l'a embrassée sur la joue. Elle lui a rendu sa bise, une bise sèche, du bout des lèvres.

Ils ne se sont pas vus durant les sept mois suivants. Ils se parlaient au téléphone tous les vendredis. Goran l'interrogeait sur l'état du restaurant, ils discutaient des traces d'humidité et des lézardes dans l'enduit. Elle lui faisait son compte rendu puis ils se saluaient courtoisement et professionnellement.

L'été suivant, ils ont ouvert le restaurant au début du mois de juin. Dès le premier soir, ils ont eu un groupe d'étudiants suédois qui ont beaucoup bu, qui ont fait beaucoup de bruit et ont passé de la musique électronique sur leur voilier jusqu'à tard dans la nuit. Après qu'ils ont fini de laver la vaisselle, Bruna est allée se coucher dans sa chambre. Au bout d'un moment, elle a distingué une ombre à la porte. C'était Goran. Il s'est étendu près d'elle et lui a caressé longtemps les seins et le ventre. Il tremblait. Il l'a caressée jusqu'à ce qu'elle se dévête et l'allonge sur le dos. Elle s'est juchée sur lui, sans un mot, sans poser de question, comme s'ils avaient baisé avant-hier encore. Après qu'elle a joui, elle s'est tournée vers le mur, le signe pour lui qu'il devait partir. Ce qu'il a fait : il s'est levé et a rejoint son sous-sol. Bruna est restée étendue, mais elle n'a pas trouvé le sommeil. Alors elle s'est levée et est sortie sur la terrasse. C'était l'avant-saison, la baie était encore déserte et les bouées de corps-mort orange ballottaient toutes seules sur la mer. Il n'y avait qu'un bateau isolé au milieu de la baie, le voilier des Suédois qui continuaient leur tapage.

Elle était assise ainsi au milieu du jardin, quand elle a aperçu une silhouette qui s'approchait. C'était Goran. Il s'est assis face à elle. Il l'a regardée longtemps, tellement longtemps que c'en est devenu gênant pour Bruna. Il a tendu la main par-dessus la table et a pris la sienne. Elle l'a retirée instantanément, comme si elle avait pris une décharge. « Excuse-moi », a-t-il dit. « Tout va bien », a-t-elle répondu, mais elle a gardé sa main en retrait. Celle de Goran était encore posée sur la table, grande ouverte comme un crabe en train d'étouffer hors de l'eau. Puis il a dit :

— Les gens racontent beaucoup de choses sur toi.

— Je sais.

— Ils disent des trucs moches. Très moches même.

Une clameur a retenti dans la baie, puis des éclaboussements. Manifestement, les Suédois prenaient un bain de minuit pour dessoûler.

— Ils disent des trucs moches, a répété Goran, mais moi, je pense que ce n'est pas vrai.

Bruna a gardé le silence pendant un instant, puis elle a répondu.

— C'est vrai. Tout ce qu'ils disent est vrai.

Elle lui a caressé rapidement la main, puis elle s'est levée et est retournée dans sa chambre.

56.

C'est ici, dans la Lagune bleue, qu'elle a vu Frane pour la dernière fois de sa vie. Cela s'est passé ce même deuxième été, à la fin du mois de juillet.

La saison battait son plein. Toutes les bouées étaient occupées dès les premières heures du jour, des fortunes flottantes se balançaient dans la baie au gré du maestral. Ils savaient déjà qu'ils finiraient la journée harassés. Tôt dans la matinée, Goran a constaté que l'*Evinrude* était de nouveau en panne. Il a toussé puis il s'est étouffé comme un ouvrier fatigué, définitivement dégoûté du tourisme. Goran a pris un tournevis et ouvert le moteur hors-bord. Et pendant qu'il réparait la panne, Bruna s'est coltiné le boulot habituel des deux. À onze heures elle était déjà totalement crevée.

Vers midi, elle est retournée aux fourneaux. Elle a mis le poulpe à cuire sur l'un des feux et, sur l'autre, sous une cloche, les pommes de terre et les queues de lotte. Quand les poulpes ont été prêts, elle les a assaisonnés et a décoré le tout avec du citron. Elle a vu que Goran était occupé et est sortie pour servir un client. Et c'est alors qu'elle l'a repéré.

Il était assis à l'une des tables éloignées, à l'ombre d'un tamaris, tout au bord de la mer. Il était en compagnie semble-t-il d'une femme que Bruna ne pouvait pas voir à cause de l'arbre. Ils en étaient aux hors-d'œuvre. Ils avaient devant eux des verres d'eau-de-vie et des castagnoles noires salées.

Curieusement, il n'avait pas beaucoup changé. Il avait le teint hâlé du type en vacances, il était resté mince et athlétique. Vu comme il était constitué, il devait fréquenter régulièrement les salles de musculation. Il arborait encore cette barbe drue nouvelle, à peine était-elle parsemée désormais de minuscules poils gris. Il portait des lunettes de soleil. Il paraissait comme cristallisé, figé dans une jeunesse qui se prolonge. Et dans le même temps, pour la première fois, Frane faisait à Bruna l'effet d'être un crétin antipathique et creux.

Frane était assis avec quelqu'un, une femme donc visiblement. Bruna voulait voir à quoi elle ressemblait. Elle a servi une assiette de poulpe aux clients à la table la plus proche, puis elle a poussé un peu plus loin dans le bosquet, vers le local du groupe électrogène. Elle s'est avancée dans l'ombre du tamaris pour émerger dans le dos de Frane, d'où elle pourrait voir clairement la personne qui l'accompagnait.

Durant toutes ces années, elle s'était construit une image de ce à quoi pouvaient ressembler les petites amies de Frane. Elle imaginait des pétasses juchées sur de longues jambes, toutes sorties de discothèques métallisées, le type de filles en minijupe qui se collent aux marins et aiment les hommes qui roulent en 4 × 4. Elle attendait une fille aux cheveux longs teints en blond, affublée de bijoux clinquants. Mais elle s'était trompée. La jeune femme assise en face de Frane était brune, les cheveux courts, un visage fin et intelligent. Elle ressemblait à une prof de langues. Bruna l'observait et découvrait avec étonnement qu'elle avait été, quand bien même un court instant, piquée d'une pointe de jalousie.

Elle a fait demi-tour et rejoint la cuisine d'été. Elle a épluché et mis de l'ail à braiser, retiré du feu un poisson qui était prêt. Elle a lavé des blettes et coupé des courgettes. Goran est alors entré dans la cuisine et a posé sur la table un bout de papier avec une commande. « Une soupe de poisson et un loup poché pour la quinze. Le couple qui est sous le tamaris. » Voilà ce qu'il a dit. Bruna a regardé la table et le bout de papier. Son visage s'est fendu d'un sourire ironique. Elle pensait avoir imaginé tout ce qui pourrait lui arriver dans la vie. Tout, mais pas ça.

Elle a sorti deux loups du frigidaire en prenant soin de choisir des pièces parmi les plus fraîches et les plus belles, pas des spécimens diluviens qu'on donne aux touristes. Elle les a incisés sur le ventre, a vidé les viscères. Avec un couteau court et pointu elle a gratté les écailles, retiré les ouïes. Elle a déposé le poisson dans une sauteuse avec un peu d'eau, a ajouté l'ail, le persil, les oignons, le laurier, le poivre, du citron et de l'huile d'olive. Elle a épluché des pommes de terre. Nettoyé des haricots. Pendant tout ce temps, Bruna avait en tête une image. Elle cuisine. Et ce qu'elle cuisine, Goran va le lui servir *à lui*. La nourriture qu'elle coupe, qu'elle écaille, qu'elle poche et qu'elle poivre va atterrir dans l'assiette et dans le ventre de Frane, elle va terminer dans ses intestins, se disperser dans son sang, sa bile, sa lymphe, sa moelle et ses ganglions. Douze ans plus tard, elle cuisine pour lui. Elle cuisine pour lui sans qu'il le sache.

Ça bouillonnait. Les loups bombaient au fond de l'eau fumante, le liquide jaune prenait lentement une consistance vitreuse et huileuse, avec une bonne odeur de court-bouillon. Bruna était penchée au-dessus de la casserole, elle observait les branches de persil et les restes de pelures d'oignon en train de fondre et de se dissoudre. Elle se tenait là debout, avec la vapeur qui lui montait au visage de plus en plus rouge. Elle était debout et en cet instant, devant ses yeux, elle voyait une image.

57.

Elle avait devant les yeux l'image d'un endroit. Cet endroit, c'était leur appartement, à Frane et à elle, l'appartement qu'ils n'ont jamais eu. Il était clair et spacieux, avec un petit balcon ou, encore mieux, une grande baie vitrée. Par la baie on avait vue sur le port, l'appartement pouvait donc être situé à Bačvice ou à Lučac. La pièce qu'elle voyait était grande, dans des couleurs pastel, comme dans une réclame pour des savons de Provence. Sur un des côtés, il y avait la cuisine, et au milieu une grande table à manger. Une table en bois, imaginait-elle. Ou non, mieux, une table en verre et fer forgé.

Ils sont à table. Frane est assis là, pas le Frane avec qui elle a vécu, mais ce nouveau Frane, celui avec une barbe brune et quelques poils gris hirsutes, le Frane qui porte son âge mais qui ressemble un peu à Corto Maltese. Anka est assise près de lui. Anka est vivante, en fauteuil roulant, elle a survécu à son attaque. Mais dans ce curieux monde parallèle elle parle et elle mange normalement. Elle s'est mise un peu sur son trente-et-un, ce qui n'a rien d'étonnant, puisqu'elle est venue rendre visite à son fils et à sa bru.

Et puis il y a lui, assis à côté d'Anka. Tout le monde a vieilli sauf lui. Filip Šarić ressemble exactement à son portrait dans l'ovale en céramique, sur la tombe au village. Il a une petite cinquantaine d'années, on dirait presque le frère de son fils en à peine plus âgé. Filip Šarić n'a pas posé le pied où il ne fallait pas, il n'est pas tombé du toit d'un poulailler à Kelheim. Filip Šarić a survécu à l'Allemagne, il a ouvert son atelier de pièces en inox et il profite maintenant à Split d'une retraite méritée. Donc Filip Šarić est vivant, figé dans une jeunesse éternelle, il est assis là à côté de sa femme, qui est elle-même beaucoup plus vieille. Il prend soin d'elle : il est attentif, il la redresse dans son fauteuil, la pousse quand elle a besoin de se déplacer, lui sert du vin. Il l'aide comme un mari loyal et dévoué. Il aide à ce qu'elle ne soit pas une charge pour des jeunes qui font leur entrée dans la vie.

Dans le tableau, il y a aussi un enfant. Il est assis à

table, Bruna le distingue bien sur sa chaise près de la fenêtre. Mais dans ce que Bruna imagine, cet enfant n'est qu'une ombre. Il n'a ni âge ni sexe, seulement une silhouette grise et ondulante, comme les témoins protégés dans les reportages à la télé. Bruna ne voit pas l'enfant : elle ne le voit pas, mais elle sait qu'elle l'aime plus que tout au monde, elle sait que cette figure flottante l'attire par sa force centripète et que la pièce, l'appartement, elle-même tournent autour de cette ombre comme un système solaire.

La dernière dans le tableau, c'est elle, Bruna. Elle a vieilli elle aussi. Elle est toujours mince et souple, sa taille est toujours fine, ses jambes toujours fermes et sportives. Mais elle a vieilli : ses cheveux sont cassants, son visage a pris des rides. Bruna se voit en train de confectionner un festin. Elle se voit porter à table, autour de laquelle sont assis son mari, son beau-père et sa belle-mère, une salade de fruits, des pommes de terre cuites à l'eau, de belles tomates rebondies avec des feuilles de basilic. Elle leur sert du vin, du vin rouge, ou mieux encore un vin blanc bien frais comme on en boit quand il fait chaud l'été pour se désaltérer. Et puis elle apporte le poisson à table. Des loups sauvages de belle taille, à la peau craquante, bien cuite, parfumée. Bruna rit en même temps qu'elle pose la lèchefrite sur la table. Frane rit lui aussi. Tout le monde rit, même Filip et Anka. Même l'enfant rit, Bruna ne sait pas comment elle le sait, car l'enfant n'a pas de visage.

Et brusquement Bruna a été tirée de sa rêverie. Elle a entendu la voix de Goran et elle a sursauté. « Une salade de poulpe et des rougets frits pour la huit, à côté du laurier-rose. » Bruna a retiré la sauteuse du feu. Sorti délicatement le poisson, filtré le court-bouillon à la passoire et vérifié la cuisson du riz. Disposé sur l'assiette les blettes et le citron. Passé l'assiette à Goran. Et elle a regardé. Elle a suivi l'assiette qui a voyagé entre les mains de Goran vers le fond de la terrasse, au milieu des tamaris. Elle a regardé Goran en train de servir son mari puis de verser du vin blanc dans son verre. Elle a observé Frane pendant qu'il a découpé le poisson et retiré l'arête centrale, d'abord pour lui, puis pour sa petite amie, ou sa femme, ou son amante. Et qui s'est délecté du bouillon chaud qu'elle a bien poivré car elle savait que c'est ainsi qu'il l'aimait. Elle l'a regardé déguster son poisson et recracher discrètement les arêtes. Tremper son pain dans l'huile et avaler les blettes. Elle l'a regardé et elle s'est dit que Frane était à nouveau sous sa coupe. À nouveau elle a le pouvoir sur lui, ne serait-ce qu'un instant, et lui ne le sait pas. Avec ce pouvoir, elle pourrait obtenir tout ce qu'elle veut – mais Bruna ne veut plus rien, et c'est ce qui la rend encore plus puissante.

Frane a terminé de déjeuner. Il a sorti son porte-monnaie. La professeure de langues elle aussi a sorti le sien et a proposé de payer, mais Frane a refusé d'un geste de la main : voyant cela, Bruna s'est dit qu'ils n'étaient pas ensemble depuis longtemps. Goran les a trouvés sympathiques, il leur a offert une liqueur de caroube et leur a serré la main quand ils sont partis. Ils sont descendus sur la grève et ont pris place dans un canot pneumatique pour rejoindre un bateau. C'était un petit hors-bord sportif de sept mètres, encore un signe de la nouvelle adolescence de Frane.

Ils ont été complets toute la journée et jusqu'au soir. Bruna a passé tout l'après-midi au fourneau, rouge écarlate, pendant que Goran distribuait à tout-va du vin, des cafés, des salades et de la glace. Tard dans la soirée tout s'est enfin calmé. Une fois les clients partis, ils ont nettoyé les tables, ont fait disparaître les taches et les flaques de vin, les mégots, les arêtes. Quand ils ont eu terminé, Bruna s'est assise à sa place. Elle a contemplé la nuit sur la baie. La lune était ronde et inhabituellement grosse, on aurait dit une outre pleine de miel. Le silence aussi qui régnait était inhabituel. Pas de fête techno, pas de bain de minuit, pas de sexe tapageur : on n'entendait que les cigales et le vent. La nuit était tombée et le Blue Lagoon avait disparu. À la place, il y avait à nouveau la vieille baie, cette baie pleine de consonnes et d'accents slaves, qui sentait la résine, l'herbe marine séchée et les fientes de mouette.

Comme toujours, Goran est venu s'asseoir près de Bruna. Il lui a versé un fond d'anisette, et quand il a voulu la servir davantage, elle lui a fait signe de la main qu'elle en avait assez. Il l'a regardée avec étonnement, comme pour voir si elle était contrariée. « Il y a quelque chose ? Tout va bien ? » a-t-il demandé. Bruna a avalé une gorgée du liquide. « Tout va bien », a-t-elle répondu. Le travail marchait, la saison allait durer. Ils allaient gagner de quoi passer l'hiver. « Tout va pour le mieux. »

« Santé ! » a-t-elle dit, et elle a levé son verre. Elle a souri à Goran et il lui a rendu son sourire. Il doit être un bon père, a-t-elle pensé. Les enfants doivent l'aimer comme il est, toujours tranquille, posé, prêt à voir le moins mauvais côté des choses. Et en se disant cela, elle savait qu'elle irait le rejoindre ce soir dans son souterrain. Elle avait beau être claquée comme un cheval fourbu, elle ouvrirait la porte du sous-sol, elle entrerait dans la cave qui était toujours agréablement froide. Elle s'approcherait du lit de Goran et se déshabillerait. Elle avait besoin de ça ce soir. Elle prendrait ce qu'il lui fallait.

Bruna pensait à cela et contemplait la lune lourde couleur de miel, elle sentait l'odeur de résine et écoutait le vacarme des insectes et des oiseaux. L'alcool lui remuait le sang de manière agréable. La soirée était fraîche, juste ce qu'il faut pour les laver de la chaleur et de la sueur. Peut-être descendrait-elle cette nuit sur la grève pour se tremper un peu dans la mer.

Bruna regardait le Blue Lagoon, et soudain un curieux sentiment pâteux s'est emparé d'elle. L'impression qu'elle se sentait bien ici, dans cet endroit.

Elle a pensé cela, puis elle a avalé d'un trait son anisette.

58.

Ce samedi, elle s'est réveillée tôt, comme toujours.

Elle s'est réveillée mais elle ne s'est pas levée. Elle est couchée dans son lit et regarde la lumière du matin envahir peu à peu la chambre qu'elle loue. D'abord des contours ont commencé à émerger du voile de grisaille, puis des détails. La chaise, la lampe de chevet posée dessus. L'armoire double en érable moucheté. En haut de l'armoire, une malle en bois, qui n'est pas à Bruna, qui n'est peut-être pas non plus celle de la propriétaire mais qui pourrait dater d'avant, de son mari décédé. Une peinture à l'huile du saint Nicolas des voyageurs. Un crucifix en plastique. De la lavande séchée ayant servi à chasser les dermestes et les moustiques l'été dernier. Au-dessus de la fenêtre, un rameau de palmier – sec depuis bien longtemps, une relique d'une célébration passée de Pâques.

Bruna est étendue, elle écoute. Aux alentours de six heures, elle entend les premiers bruits de pas, une toux matinale, le moteur d'un tracteur. Vers six heures et quart, elle distingue un début d'agitation du côté du môle. Puis une rumeur commence à se faire entendre au loin, sourde d'abord puis de plus en plus forte, et qui se transforme en un grondement lourd et profond. C'est le vapeur du matin qui vient de la ville. Il entre dans la baie et aborde le quai. Bruna entend par la fenêtre les cris des marins, la vibration du moteur en marche arrière, une corde qui crisse, le boucan de la rampe descendue sur le quai en pierre. Le brouhaha humain dure un moment, des bruits de débarquement et d'embarquement. Puis la machinerie du bateau à vapeur se remet à grogner. La rumeur s'éloigne avant de s'éteindre et de disparaître derrière le cap, quelque part en direction de la ville.

Bruna sait alors qu'il est temps qu'elle se lève.

Ce samedi, il n'y a pas de banquet de noces ou de baptême. Elle n'aura pas à cuisiner ou à faire le service. Elle a devant elle, et jusqu'à quatre heures cet après-midi, une longue journée vide et propre comme un tableau sur lequel rien n'est inscrit.

Elle s'habille, déjeune d'un œuf à la coque et sort. La matinée est claire, bien plus belle que ce qu'elle attendait. Le vent a cessé de souffler, la bora a dissipé les nuages, l'horizon est scintillant et cristallin. C'est une de ces journées où quelque chose d'animal vous pousse à être dehors, sous le ciel bleu, à respirer au grand air.

Après le bateau du matin, le village sombre à nouveau dans l'hibernation. La promenade du front de mer est vide, à peine distingue-t-on la lumière faible d'une ampoule électrique à l'intérieur d'une maison. Bruna marche le long du rivage, salue les rares passants d'un hochement de tête vaguement perceptible. Elle tient à être courtoise. Simplement courtoise. Elle n'a pas envie d'établir d'amitié excessive. Elle ne veut personne dans sa vie qui joue les pots de colle.

Une fois parvenue au creux de la baie, elle prend la direction de la colline. Elle s'engage dans la calade étroite, où des brins d'herbe ont germé entre les pavés. Elle grimpe ainsi un moment, jusqu'à sa destination. L'église du village est face à elle.

Un haut mur de pierre de taille parfaitement façonné se dresse devant Bruna. Elle passe le portail en fer, qui s'ouvre sur un large escalier baroque. L'escalier mène à une esplanade. Et sur l'esplanade se trouve l'église.

À première vue, l'église paraît spectaculaire. Le large frontispice baroque dispose de deux fenêtres ornementées, d'un porche somptueux et d'une rosace. La façade dégage une impression de richesse et de puissance, complètement démesurée par rapport à la modestie du village.

L'impression dure jusqu'à ce qu'on ait passé la porte de l'église. Et l'on comprend alors que la façade qu'on a vue n'est rien d'autre qu'un élément d'une scénographie prétentieuse, une coque sans contenu, un semblant de puissance et de grandeur servant à leurrer ceux qui regardent le village depuis la mer. Car derrière la façade majestueuse, il n'y a pas d'église grande et puissante, mais un terre-plein avec des dalles de pierre au sol sous le ciel nu d'azur. Et au milieu de ce terre-plein, il y a l'église, la vraie. Petite, rectangulaire et toute simple – misérable comme l'est le village – elle est recroquevillée derrière la façade grandiose et mensongère comme si elle avait honte. Ce spectacle a le don d'attendrir Bruna. C'est une des premières choses qu'elle a vues quand elle a débarqué sur cet îlot. Quand elle l'a vue, elle a compris que c'était là, dans un endroit comme ça, qu'elle voulait vivre.

Les gens d'ici ont tâché une ou deux fois de lui expliquer cette bizarrerie architecturale qui se dresse en haut de leur village. Ils lui ont raconté qu'il y a eu un temps où le village a pris vie soudainement. On a commencé à faire du business, les affaires marchaient bien, le prix de quelque chose avait bondi, ce quelque chose pouvait avoir été de l'huile, du vin ou du pyrèthre, Bruna ne se souvient pas trop. Le village a vu affluer d'un coup pas mal d'argent. Et quand l'argent a afflué, ils ont voulu ériger une nouvelle église qui soit majestueuse et dont aucun *sestiere* vénitien n'aurait à rougir. Ils ont donc commencé à la bâtir autour de la vieille église. Ils ont fait venir les matériaux du continent et ont payé une avance à un architecte de Trogir. Et puis la guerre est arrivée. Ou bien la crise. Il y a toujours une guerre ou une crise pour arriver.

L'église est restée inachevée et à ciel ouvert, certains disent depuis trois cents ans, d'autres cinq cents. Elle est là et elle nous raconte la seule vérité qui vaille : elle nous dit de quelle manière finissent les ambitions humaines. Comment les gens, les villages, les îles, les peuples échafaudent des plans et des projets immenses, comment ils commencent à construire des façades fabuleuses, et de tout cela il ne reste que des façades.

C'est pour cela que Bruna aime ce village. Elle aime venir s'asseoir dans une des fenêtres vides de cette église entamée il y a longtemps. Elle aime y contempler la baie en bas. Elle regarde les champs d'oliviers abandonnés, dont les propriétaires aujourd'hui sont en Australie ou au Chili. Les maisons de week-end inachevées, avec leurs parpaings d'où émergent des fers à béton rouillés. Elle regarde l'église vénitienne inachevée, le môle autrichien inachevé, le camp de vacances communiste dévasté, la marina jamais terminée. Les peuples, les empires, les générations : ils ont tous conçu des plans ici. Et les plans leur ont ri au nez. À eux comme à elle.

Bruna aime passer ses samedis ici, sur cette hauteur, dans la fenêtre de cette église. Elle est assise, elle respire la marjolaine et le romarin, elle écoute l'écho des voix dans la baie. Et elle pense. Elle pense à tout et n'importe quoi. Il n'y a qu'une chose à laquelle elle ne pense jamais. Elle ne pense jamais à ce qui arrivera.

Et de temps en temps, quand elle est assise sur le seuil en pierre – un seuil taillé, meulé, poncé et posé autrefois par quelqu'un qui a sué pour cela, et qu'on a finalement abandonné –, Bruna pense au jour où elle a cuisiné un repas pour la dernière fois à celui qui avait été son mari. Ce n'est pas à lui qu'elle pense, et certainement pas à lui aujourd'hui, certainement pas avec tendresse ou jalousie. Elle pense à la vision qui lui est apparue ce matin de juillet, alors que la vapeur du bouillon lui montait au visage et que la braise des grillades lui mordait les joues. Elle pense aux hôtes qu'elle reçoit dans sa maison fantôme, qui rient pendant qu'elle les régale, ils rient parce qu'ils sont incroyablement heureux. Elle pense à cette ombre qui ondule sur la chaise près de la fenêtre, une ombre qu'elle ne connaîtra jamais, avec qui elle ne parlera jamais, elle ne saura jamais quelle personne elle est.

Bruna pense à eux et se demande quand tout cela a cessé d'avoir de l'importance pour elle, si jamais cela a eu de l'importance. Elle se demande pourquoi elle a désiré tout cela, si jamais elle l'a désiré.

Elle y pense, mais pas trop souvent, pas trop longtemps. Et puis elle chasse ces pensées et regarde en bas, vers le village au fond de la baie, vers la grappe de maisons, le quai et le phare sur le môle. Assise sur le seuil de l'église, elle regarde le spectacle en dessous d'elle, et soudain un curieux sentiment pâteux s'empare d'elle. Elle est ici chez elle. Elle est ici chez elle plus que partout où elle a jamais vécu. Plus que partout où elle vivra jamais.

Bruna se lève et secoue l'herbe accrochée à ses vêtements. Elle reprend le chemin du village. Car il est trois heures et il est temps. Elle va bientôt devoir ouvrir le café, allumer le poêle. Brancher la machine à café. Bientôt les premiers clients vont arriver, s'il en vient. Et s'il en vient, elle sera là pour les accueillir.

FIN

Le traducteur :

Olivier Lannuzel est journaliste et correcteur d'édition. Il est diplômé d'un DEA de traduction et d'une maitrise d'histoire des Balkans, obtenus à l'Inalco. Il traduit du serbe et du croate des textes pour le théâtre, des scripts pour le cinéma, des romans et des nouvelles.

olivierlannuzel@free.fr

Il a traduit entre autres :

— Théâtre :
Les rognons blancs, de Vedrana Klepica, 2017.
Mort tragique d'un analyste économique, de Vedrana Klepica, 2013.
Peut-être sommes-nous des Mickey, de Maja Pelević, 2007, traduction du serbe, 2017.

— Cinéma :
Quo vadis, Aida ? de Jasmila Žbanić, 2017 (tournage 2019).
Cirkus Columbia, de Danis Tanović, 2011.
Sarajevo mon amour, de Jasmila Žbanić, 2006.

— Prose :
Réserves de guerre, nouvelle de Dalibor Šimpraga, et *Sous pression*, nouvelle de Faruk Šehić, in *Courrier International*, Supplément livres et idées, novembre 2002.
Mars, nouvelles de Asja Bakić, Agullo éditions, 2021
L'Eau Rouge, de Jurica Pavičić, Agullo éditions, 2021

Déjà parus chez Agullo Fiction

Laura Mancini
Rien pour elle

Magdaléna Platzová
Le Saut d'Aaron

Dragan Velikić
La Fenêtre russe
Le Cahier volé à Vinkovci

Osvalds Zebris
À l'ombre de la Butte-aux-Coqs

Astrid Monet
Soleil de cendres

Maria Galina
Autochtones
L'Organisation

Joe Meno
La Crête des damnés
Le Blues de La Harpie
Prodiges et Miracles

Viliam Klimacek
Bratislava 68, été brûlant

Bogdan Teodorescu
Le dictateur qui ne voulait pas mourir

Dmitri Lipskerov
Léonid doit mourir
L'Outil et les Papillons
Le Dernier Rêve de la raison

Jaroslav Melnik
Espace Lointain

Saad Z. Hossain
Djinn City
Bagdad, la grande évasion !

S.G. Browne
Héros secondaires
La destinée, la Mort et moi, comment j'ai conjuré le sort

Vladimir Lortchenkov
Le Dernier Amour du lieutenant Petrescu

Anna Starobinets
Refuge 3/9

Rui Zink
Le Terroriste joyeux
L'installation de la peur

Déjà parus chez Agullo Noir

Miguel Szymanski
Château de cartes

Jurica Pavičić
L'Eau rouge

Arpád Soltész
Le Bal des porcs
Il était une fois dans l'Est

Valerio Varesi
La Main de Dieu
La Maison du commandant
Or, Encens et Poussière
Les Mains vides
Les Ombres de Montelupo
La Pension de la via Saffi
Le Fleuve des brumes

Frédéric Paulin
La Nuit tombée sur nos âmes
La Fabrique de la terreur
Prémices de la chute
La Guerre est une ruse

Wojciech Chmielarz
Les Ombres
La Cité des rêves
La Colombienne
La Ferme aux poupées
Pyromane

Magdalena Parys
Le Magicien
188 mètres sous Berlin

Bogdan Teodorescu
Spada

Déjà parus chez Agullo Court

Rui Zink
L'Installation de la peur

Maja Thrane
Petit Traité de taxidermie

Sigbjørn Skåden
Oiseau

Asja Bakić
Mars

Yan Lespoux
Presqu'îles

Visitez notre site Internet
www.agullo-editions.com
pour découvrir les univers de nos romans,
de leurs auteurs et de
leurs traducteurs.

Retrouvez Agullo Éditions sur
Facebook, Twitter et Instagram.
pour le compte de Agullo Éditions.

ACHEVÉ D'IMPRIMER EN JUIN 2022
SUR LES PRESSES DE L'IMPRIMERIE
CPI FIRMIN DIDOT
AU MESNIL-SUR-L'ESTRÉE (27650)
POUR LE COMPTE DE AGULLO ÉDITIONS.

ISSN : 2551-5853
ISBN : 978-2-38246-023-8
Dépôt légal : septembre 2022
Numéro d'impression : 169617